U0745384

张炜少年读本

美 生 灵

张 炜/著　　洪 浩/选评

山东教育出版社

少年为什么要读张炜

  著有《古船》《九月寓言》《你在高原》等长篇佳作的张炜,是中国当代最具美誉度和影响力的文学大家之一。近年来,他在少年文学的创作上投入了较多的热情,接二连三地奉献出了少年长篇小说《半岛哈里哈气》、《少年与海》和《寻找鱼王》,以及开放式多卷本长篇童话《兔子作家》。这些优秀作品已在广大读者心中激起了强烈的回响,成为孩子和家长共同为之喜悦和激动的精神食粮与心灵珍藏。

  其实,张炜在很大程度上一直是一个适合少年人阅读的作家。他在起步之初就写过大量的少年故事,而此后迄今四十多年的创作生涯中,无论题材和风格如何变化,有一点是贯穿始终的,那就是对大自然、对动植物的热爱和关怀;这说明,作家始终保有一颗未曾泯灭的童心。而正是童心的存在,决定了他的文字干净、纯正,具有非同流俗的格调和品质。从宽泛意义上讲,他有许多作品都可视为少年读物。就这一点来说,张炜在中国当代作家中是一个卓异的存在,可谓独树一帜。

  基于这一认识,我们选编了这套"张炜少年读本",向广大少年朋友推荐这位作家,期待大家走进张炜的文学世界。

  少年为什么要读张炜?我们认为至少有如下几个理由:

  其一,张炜早年经历丰富,他在野地里奔走、流浪,与各种动植物感情深厚,因而笔下常常写到它们。由于他真正了解和熟悉动物和植物,他的描写真实可信、童趣盎然、生动无比。我们相信,少年读者一定会从张炜绘声绘色的讲述和动情的歌吟中，见识最真切的自然、最真实的动物与最传奇的人，并获得持久的感动。

其二，张炜是一个既关怀大地又关注星空的作家，其作品贯注着正直的道德理想和纯真的精神追求，我们可以从中领悟一个优秀作家对于自然、社会和人生的深刻理解与洞察。他的一系列长篇力作，有着浩大的、震撼人心的中国叙事，已经成为文学史上的经典。而他同时又是一个富有童心的人，书中常有俯拾即是的童真童趣。经由我们选择的这些可读好看的作品，走入一位优秀作家的艺术世界，对于少年读者来说意义非凡：既可开拓视野，增长见识，启迪心智，又能享受蓬勃的诗情，体味生命的厚度。

其三，张炜的文字有一种大作家的朴素平易，同时又是健康、优美、富于魅力的。近年来，张炜的文章被频频用于中高考试题和模拟试题，如2008年山东卷的《歌德之勺》、2009年广东卷的《耕作的诗人》、2009年江西卷的《木车的激情》等。这说明其作品不仅适合中学生阅读，且具有经典性的特质。少年读者可从中较多地领悟到写作技巧和文学奥秘，对学业进步和文学素养积累大有裨益。

综上所述，我们认为少年读者很有必要认真阅读张炜，而张炜也会是一个深受少年读者喜爱的作家。相信这套囊括了小说、散文、诗歌等多种文体的读本，会使少年朋友感知到非同一般的趣味与智慧。这种开阔的阅读体验会给大家带来满满的感动、久久的回味和深深的启迪。

为了帮助读者理解作品，我们在每篇作品后附上一则"赏读札记"，供大家参考。愿这套用心编出的书，能使少年朋友们较多地领悟到人生和艺术的真谛，从而受用一生。

2016年1月6日

目 录

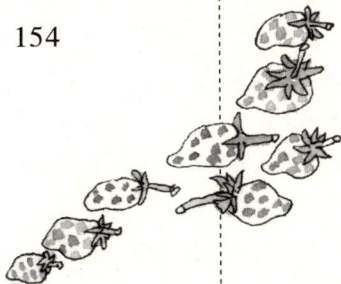

美生灵

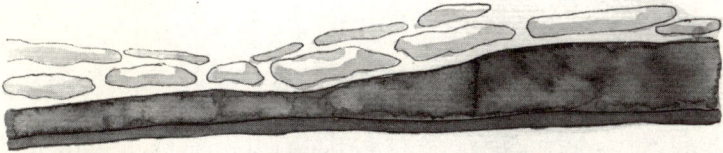

许多动物都可以成为人类的朋友,它们纯美而善良的眼睛注视着你,让你生出浓浓的爱意,你称它们为"美生灵"。有的动物几乎没有缺点,它们勤劳地为人类奉献,竭尽全力而又无怨无悔,直到生命的最后一刻。可是,人类善待动物的时候不多,欺凌、压榨和剥夺是常见的,直到动物将血肉之躯也献出来,才算结束。能够不欺负动物的人总是少而又少,对于动物,人类背负着难以偿还的心债。

童年的马

农场主汉斯养了很多马。他的农场大极了,一眼望不到边。这儿没有马车,耕作全部实现了机械化,就连挤牛奶也不用人工了。土地上一片葱绿,安静得很。他的马厩里有那么多马。

汉斯和家里的客人领我从马厩通道上缓缓地走过。他和他的朋友不时地伸出手去拍拍马的脑门。一个老太太还把手伸到了马的嘴唇里边,去抚摸它的雪白的牙齿。我这时叫了一声,所有人都回头看我。老太太看了我一眼,但她的手还在马嘴里。最后,她吻了吻马嘴,才恋恋不舍地走了。

马槽里是机制饲料,那样子有点像感冒胶囊,长条形暗绿色,很硬。不过马的牙齿肯定不怕它。马的牙齿多么坚实。

马安详地看着从它面前走过的人们,暂时停止了进餐。我觉得这些马都很礼貌、很漂亮。我看着老太太刚才吻过的那匹马的嘴巴,心中活动了一下。灰色柔软的马嘴,有着细密的小茸毛,非常温暖。这匹马的眼睛是那样美丽。不过哪匹马的眼睛不美丽呢?

"维利,你怎么样?该看你的了!"

汉斯这时招呼一个六七岁的小男孩——我估计那是他的宝贝儿子。小男孩的蓝色眼睛异常兴奋地眨了眨,回身就要往家里跑去。汉斯的夫人俯在汉斯耳边说了句什么,汉斯立刻对跑着的维利说:"那算了吧维利,喂,我是说待一会儿再说吧。"

维利怏怏地转回来。

有个叫玛丽的小女孩对他笑着,露着一口有着黄斑的牙齿。我想这会是他的妹妹吧?维利毫不介意地向小女孩走去,两手插在衣兜里。

大家仍在马槽前边指指点点地走着。汉斯几乎每匹马都要拍打一下,有时还要夸奖一句什么。从马厩中走出去,往左一拐,来到一片用原木简单围了围的草地。有五六匹马在草地上玩着。一匹棕马、一匹黑马,还有一匹花斑马。我们弯腰钻过原木栅栏,踩在了草地上。

每个人都接近了自己喜欢的马,嘴里呼叫着什么。只有我离马较远。

那个老太太大叫着,两手挥舞着奔向黑马,搂住了马的脖子。我的心紧缩着。我希望老太太快些离开黑马。他们玩得真好,有一匹马噔噔地在草地上跑起来,像是在为我们表演。有个客人为马鼓掌,马停止了步子,他也就不鼓掌了。他对我说:

莱茵河畔哪儿找这么好的农场,哪儿找这么好的马!

维利和玛丽毫不费力地钻过栅栏。他们的手一会儿就贴在了马的长脸上。

一阵热乎乎的感觉传遍了我的全身。我欢快地叫了起来。饲养员老木头咕咕哝哝地走过来,用手扳开我们几个小家伙,说:"踢着!不怕踢着?"

我们才不怕呢。这匹白马是我们真正的朋友。它浑身没有一丝杂毛,像雪一样。马不像人那样,由于头发的长短而一眼即可辨认男女,所以我们都不知道它是男的还是女的。我个人一直认为它是女的。不过我没有更多的根据。

它的眼睛又大又亮,蓝盈盈的。它看着我,会喜欢我吗?如果一匹这样的马在喜欢我,那么我一定是个了不起的好孩子。我伸手去抚摸它的脖子,觉得它真光滑。我把手指插进了鬃毛里,然后又去捏它的嘴唇。像面团那么柔软,热乎乎的。

"走开了,走开了!"老木头从饲养棚里端出一个木架子,把一个柳条扁筐放到上面,然后倒进一些碎谷草和糠粉,用水拌着。

白马的嘴巴颤了颤,吃起筐里的东西。

我们知道它吃饱了之后,要套上大车,去芦青河边拉沙子。赶车的是老鲁,如果他高兴了,我们就可以坐上他的空车到河上玩。

"上车呀,上呀!"大家呼喊着往大车那儿跑——正这会儿有人在一旁打了个口哨,大家不由得站住了。我可知道打口哨的那个人是谁,他是我的哥哥嘛,这会儿站在杨树下,一只手插在衣兜里,另一只手搔着头发。他的制服上衣扎在裤子里,电镀腰带在阳光下闪闪发光。那是多好的一条腰带。

大家看了看哥哥的腰部,重新向大车涌去。

"你们要到哪里去呀?"

他在快活地呼喊。没有一个人回答他,因为都知道他是明知故问。哥哥也不生气。其实他才不在乎我们要干什么呢。我知道他只关心一个人,并且那种愉快的心情就是从那个人身上来的。

我们坐在了车上,一齐向杨树下的人呼喊起来:"哎——哎——!"

我真替哥哥难为情。谁都知道他在等人,每天的这会儿他都在杨树下——那儿地势高,又有荫凉,站在那儿,一眼可以望到村子东边那道整齐的篱笆,篱笆后边有一条白沙小路……哥哥是多么棒的一个小伙子。我不信我们大车上的这一伙会有谁将来比他更棒。

这个夏天哥哥刚好十九岁。我也会有这么美妙的年纪吗?嘿,可不是谁都能有这样的十九岁的。

大约是这年春天(有人说更早更早,好像是下第一场雪的时候),最漂亮最温顺的姑娘罗玲子就常常和哥哥在一起了。

他们干什么都爱待在一块儿，我如果跟上，哥哥就说："去找你那一伙吧。"再不就说："老鲁的大车来了，人家都上车去了。"我多少知道那是怎么一回事儿。我愿意永远待在罗玲子的身边。我没有任何恶意，也不想妨碍他们。我把她看成最好的一个姐姐。有一次在场院上看星星睡着了，醒来发现在她的怀中。她让我的头枕在她的胳膊上。我高兴得真想哭一场。

我想所有的人都会嫉妒哥哥，其次是嫉妒我。

大家又一阵呼喊。罗玲子出来了。她径直向大杨树走去……白马咴咴叫着，老鲁咳着走过去。

老木头收拾着地上的什么，老鲁拍了拍白马。白马蓝色的大眼闪了一下，嗅了嗅老鲁的手。"走吧伙计，你看那一车猴子。"

我们都听到了，一边笑一边跺脚，说："老鲁骂人！"

维利喜欢那匹花斑马，他撇开玛丽，一个人跑去。老太太摆手让维利搂紧马的脖子，她要为他拍张照片，结果维利太矮，怎么也不能把胳膊从它脖子上弯过去。汉斯两手插在裤兜里笑。

"维利！维利！"

汉斯夫人从屋子里出来，笑吟吟地喊小男孩，做了一个手势。维利立刻离开花斑马跑去。玛丽也激动地叫了一声，随在后边。

客人中有人鼓掌。老太太从后面急急地赶到我身边，欢快地说着什么。可惜我一点也听不懂她的话。她的步子像年轻人一样轻捷，一会儿又赶到前头去了。

我们停在了一个小赛马场上。这儿有跑道、有一道道红白木栏。"唷唷唷——哟——"一个人在我身后叫着。他说："这是莱茵河边上最漂亮的一个小赛马场了。不是吗？"

我想大概是的吧。

木栏有的很低，有的很高。我的目光在木栏上停留一瞬，赶紧移开。

我们的小骑手出现了——他当然是维利，此刻已穿上了白衣、马靴、头盔，手提一条小马鞭。他要为我们大家做骑术表演——那是一匹小矮种马，雪白雪白，这会儿英武地闯入场内。

玛丽随小白马跑了一段，待追赶不上的时候，就气喘吁吁地停在我们身边。小姑娘的神情有些严肃，不时扬手向场内的维利叮嘱一句。

维利骑得非常专注。他松松地抓着马缰，让马儿嗒嗒跑着。阳光照着他圆圆的黑帽。一切都很漂亮。我想他很快会在这些木栏间飞驰而过。

我身后有人愉快地喘息，我回头一看，哦，是汉斯夫人。她两手搭在玛丽的小肩膀上。玛丽的眼睛让阳光耀得睁不开。那金色的睫毛合到了一起，连小鼻子也蹙了起来。

汉斯在一边鼓掌。

维利的屁股翘起，右手的鞭子一起一落。小白马渐渐跑

得快了。小白马跑到我们这几个人跟前时，我们赶紧鼓掌。它好神气哟，周身上下都给披挂好了，有极合体极讲究的小马鞍、马镫，有彩色的鞍垫；额上垂下了红色的丝质缨穗。它真是一匹盛装小赛马。

小白马越跑越快。它沿着椭圆跑道疾驰。这样跑着，它突然离开跑道向内斜刺——冲向了场地中心的红白木栏——我的心跳加快了——可它毫不犹豫地飞跃而过……大家一阵欢呼。接着小白马一连跳过了三道木栏。

"喂，维利！我说你干得很来劲。对，下一个……"汉斯摆了一下头。

维利似乎谁的声音也没听到，继续扬鞭催马。玛丽眯着眼睛嚷叫，引得别人把目光移到她身上。她被迅疾奔跑的小白马激动了，不顾一切地喊着。我相信这喊声维利是听得到的，因为他的屁股翘得更高，身子差不多伏在了马背上。小白马的跨度进一步加大，像一道白色的波浪在飘涌翻腾。

人们都屏住呼吸。这真是棒极了。不过如果稍有闪失——我禁不住回头瞥了一眼兴高采烈的汉斯夫人……

罗玲子同哥哥一起乘车了。老鲁把车子赶得飞快，当驶入密密的树林子里时，他就胡乱唱起来。阳光透过树木射进来，罗玲子满脸光彩。奇怪的是我们这一帮子此刻倒一声不响。

哥哥随老鲁一道唱——他有一副最柔美动人的嗓子。我敢说这辈子也听不到比哥哥再甜美的吟唱了。罗玲子凝视着哥哥，什么都忘掉了的样子。

白马轻松地拉着车子，轴部发出了吱吱的声音。一群灰喜鹊被新闯入的马车惊飞了，展开一片灰绿的翅膀。老野鸡咯咯地叫着，回答它的似乎是河对岸的一只白羊。

马车驶进沙湾时，大家都跳下来。老鲁把铁锹什么的掀下车，哥哥、罗玲子他们开始装沙。我们欢呼着奔向水边——水太凉，但让水漫过赤脚已经是十分满足了。跳下河洗澡的时刻还没有来，那要等到七月。我们的裤子打满了补丁，红红绿绿的布料映在河水里。差不多没有一个穿鞋子。大家都知道，长到哥哥那么大的时候，就有了鞋子和更多的东西。

比如，可以有制服——虽然那是爸爸年轻时穿过的——那是他从一座海滨城市里带回来的；特别让人兴奋的是可能还要有一条电镀腰带。

罗玲子与哥哥一起装车，她的后背正对着我们。我知道她的那件黄色上衣（多好看！多好看！）是野蒜叶子染成的。我还知道她胸前肩膀下边一点刚刚贴上了一枚桐树五花叶子。这种有着粘毛的桐叶可以粘在衣服上。罗玲子的裤子有三块补丁，不过这补丁是用六种颜色的小布对成的。反正她怎么样都是好看的。

老鲁把装满的车子赶走时，哥哥和罗玲子可以坐在河湾，直等到空车返回来。我们在水边逮一条小鱼，后来逮住了。

"要小鱼吗？"我们朝两个人喊。

罗玲子奇怪地低着头，脸像红颜色一样红。哥哥离她的耳朵二尺多远，正在商量什么——"要小鱼吗？"我们偏要问。

她抬起头，得救似的向我们跑来。她惊喜地看我们不值一提的收获。我发现她的脸有一层细密的小汗珠，一双眼睛亮极了。她回头叫了一声，对哥哥说："他们真逮住了一条小鱼……"

"是吗？"哥哥爬起来，一副惊奇的样子。

这有什么好惊奇的——他们装得太过分了。

太阳就要落了。我们随车回村去。一群穿得破破烂烂的孩子跟在马车后边放声歌唱，踏着暮色——我们过得真来劲！树林子每到了傍晚就激动起来，差不多有一万种鸟儿在树梢上飞。

老木头迎接了大车。白马被卸下来牵在一边。它一点也不累，精神头儿好像很大。老木头离开了——有谁喊了他一声。我们几个被哥哥轮流扶上马背坐一会儿。不知谁问了哥哥一句：

"你骑过大白马吗？"

哥哥看一眼罗玲子，笑着摇头。

"你敢骑上大马跑吗？"

哥哥想摇头，但一对上罗玲子的目光，就怔住了。

罗玲子还是那样看着哥哥。哥哥拍了一下白马，牵过缰绳，说："是啊！我们骑马去！我们到河滩上！"

白马飞奔。它不知沿跑道旋了多少圈，步子依然轻快。我们的小骑手有些累了，脸颊流下汗水。玛丽睁大了眼睛，回头和汉斯夫人争执着什么。维利坐在了马鞍上。马缰有些松弛了。小白马开始减速。

维利终于像个英雄一样结束了表演。他从马背上跳下来。

大家鼓掌跑过去。第一个吻到维利的是玛丽，她快幸福得哭了。接着是汉斯和夫人。好多人在夸马。我不知怎么想起了老太太，这会儿发现她正频频地吻着小白马。

汉斯走到小白马身边，用厚厚的大掌拍拍它的屁股，又招呼维利牵上他的马。

大家跟上汉斯夫人进屋里去。客厅宽敞得很，几个很大的沙发随便地放在灰绿色的地毯上。一角像一个小酒吧间，摆满了各种酒和饮料。那雪亮的不锈钢酒具和颀长的玻璃杯占据了整整两个格子。汉斯夫人给客人斟酒和各种饮料。我挑了一杯加冰的柠檬水。

这时维利卸了骑手服装，把马送到马厩里，来到了客人们中间。老太太搅着一杯浓浓的咖啡，把旁边的一杯递给维利。维利喝了一小口，发现是加糖的，就放下来去取可口可乐。他吻了吻老太太。

我们中间最胖的一位先生在喝红葡萄酒。他系了一条深

红色的大领带，领带垂在胸口，又吃力地爬上隆起的肚腹。我不好意思地向他笑笑。

他好像很健康。

汉斯端着一杯矿泉水走过来，介绍他的这位巴伐利亚州最胖的朋友说："他从来不喝啤酒，但是每年可以喝掉几大桶红葡萄酒。"

玛丽首先笑起来，又一次露出有黄斑的小牙齿。

"我还以为最使人发胖的是啤酒呢。"我说。

"葡萄酒。葡萄酒。"汉斯摆着手，用手帕擦嘴。

外面传来一声马的嘶叫。玛丽咯咯地笑。我觉得这会是那匹小白马在叫。我这会儿还惦念着它。我问维利："长大了要当个骑手吗？"

维利不明白地看着我，好像问："我现在不就是个骑手了吗？"

汉斯重复了一遍我的话，小维利冲玛丽说："那当然了！"

汉斯夫人介绍说："五岁那年他就坐到马背上了。不过那会儿汉斯要和他一块儿——维利，我说的对吗？"

维利红着脸。

"有一次他摔下来过。"玛丽急急地插一句。

"就是的。怎么样？"维利咬咬嘴唇。

老太太叫了一声，耸耸肩膀。

看来那一次维利并没有受伤。不过小白马跳栏的时候可是顶危险的了——如果马被绊了一下，就会在疾速奔驰中立刻仰翻过去——这时马体与木栏恰好交成九十度。小骑手正正当当地压在马的脊背下。那是很可怕的。那是不能想的。

小白马在冲刺。木栏，红的白的相叠式的障碍，一点点逼近了。跳。相交成九十度……小骑手在马背上颠簸一下。马又冲向另一个木栏……我喝了一大口柠檬水。

马又一声嘶叫。

它奔驰在河边树丛之中。白马大概这辈子也没让人骑过，很反感地弯着脖子去看背上的青年。我们一伙跟在后面跑着，欢呼着，连罗玲子也跳起来了。一会儿白马消逝在绿树后面了，我们给抛在一边；一会儿白马又出现了。哥哥的样子有些紧张，双手用力抓着马鬃。

罗玲子看着哥哥的样子，笑弯了腰。

"你肚子疼吗？"有谁挖苦哥哥。

哥哥于是尽力挺直了腰，但一只手还插在蓬松的鬃毛里。他飞快地瞥了一眼罗玲子。但他的目光还没有完全收回去，白马一下子站直了身子。那一刻哥哥就像搂紧了一棵白色的大树。

大家吓得一齐吼叫。

幸亏白马的脊背又变得水平。这家伙沿着树空儿蹿跑，我真怕它把哥哥的腿挤伤。它发疯一样蹿起来。罗玲子喊：

"你跳下来呀! 你怎么不跳?"

他像没有听见。白马终于没有把他甩下来,开始一溜小跑向前。大家都松了一口气。

我们跟着白马。这样跑了一会儿,白马突然长啸一声飞驰起来。一道白影在绿丛间闪了一下,接着不见了。马蹄的嗒嗒声开头还听得见,后来什么也没有了。"白马飞了。"我心里有什么敲了一下。

一会儿老木头和老鲁满头大汗地追过来,问:"白马呢?"

我们都朝前噘嘴。罗玲子告诉:哥哥在上面——在马背上面。

"你是说他骑马走了?"老鲁一拍膝盖,"光腚马可不是好骑的!"说着脸上的汗直往下掉。

"你们看你们看!"说话间有人指着前边嚷。

白马出现了——它像箭一样出现了——背上的人仍然紧紧伏着——啊,他真是好样的! 大家一齐鼓掌。罗玲子高兴得说话变了声音,像小孩子一样哼哼唧唧的。

白马唰的一声飞到跟前,又唰的一声停住了。我还没有看清是怎么回事,只见背上有什么东西往前一射——落在马头前边五六尺远的地方。

那是哥哥! 他脸贴着地,而地上是去年收割的紫穗槐的茬儿! 老木头和老鲁赶紧去拉他,一翻他的身体,大家都"啊"地叫了一声。

哥哥满脸是血。

我们都呜呜地哭起来……哥哥被无声无响地抬着。白马自己走在人群的后面。天就要全黑了。

从此哥哥脸上缠满了纱布。

好像这层纱布永远也扯不掉了，我真着急。罗玲子陪哥哥玩，他们有时走到河滩上去，回来捧一大把紫色的野花。

纱布间只露出一对眼睛。那时这眼睛好看极了。

一天早晨，医生来取纱布。罗玲子跟在医生后边。纱布取下了，她从后面探头望了一眼，立刻捂上了脸。哥哥叫着她。她飞快地跑掉了。

哥哥的脸布满疤痕，像打上了不同颜色的补丁，发红、发黑，甚至发紫——像紫穗槐的花朵那样颜色……

我再也没有见罗玲子来找哥哥。

哥哥的头发长长的，肮脏发臭。他一个人到河滩上，回避着所有的人。

我的头发长长的，肮脏发臭。我一个人到河滩上，回避着所有的人。

炎热的夏天过去，接上是秋天。我们失去了全村最美丽的一个姑娘。

一个阴雨天，我手持一把刀子，偷偷摸进了饲养棚。我贴着墙往前移动。白马咀嚼的声音很响。我离它只有几步远。后来我蹭到了木槽跟前。白马抬起头看着我。它的蓝蓝的大

眼睛、眼睫毛，它的灰蓝色的绸布一样的嘴巴，它的光滑的脖子——上面一条微凸的活动的血管……刀子掉在槽里。白马奇怪地看着我。我把脸贴在了白马的脖子上。

"我明年就六岁了。"玛丽对汉斯说。

"唔，那就明年吧。"汉斯抚摸了一下她的头发。

"可维利是五岁呢——是吧维利？"

维利先呷一口饮料，然后点点头。

胖胖的先生调皮地看了看玛丽，又瞟一眼汉斯夫人。汉斯说："那不行。你要六岁才骑的。"玛丽跑开了。

喝过了酒和柠檬水之类，汉斯提议大家去参观他的奶场——就是离这儿三百多米那几幢灰顶房子。大家站起来。

照例是老太太跑在前边。她的裙子在微风中抖着，一个小巧的皮包一直挂在胳膊上。胖先生试图追上她，但一直没有成功。

一排排奶牛表情麻木地看着来人。它们的下边连着挤奶器及长长的导管，导管又像电缆一样成一束，进入一个不锈钢大罐。我小心地摸一下钢罐，发现它灼热烫人。一个个仪表大如牛眼，与奶牛互相注视。

"哟哟哟……"老太太的手透过铁栏去抚摸一头头牛，很激动的样子。

维利随客人看了一会儿牛，无精打采地走出来。他的目光

美生灵

一转到那边儿, 就立刻发出了光彩。那儿是用原木围起来的草地, 上面就是那些棕马、黑马和花斑马——它们的个头都很大。

玛丽也走到哥哥身边去了。

这会儿传来一阵机器的轰鸣声。我看到有两辆大叉车往这边开来了。汉斯老远向他们打招呼, 转身告诉我: 他们是来农场实习的两个大学生, 现在正运送麦草。

隆隆声大起来。我看清了前边一辆车上是一个姑娘——修长的身材, 黑眼、黑头发, 像有几分土耳其血统。她穿了一件小花儿衬衣, 完全被汗水弄脏了。但这些都丝毫不能遮掩她的美丽。她劳动得多么带劲、多么认真。她的车子前部叉起了一个巨大而坚实的麦草捆, 就像是她的双手举着往前走一样。后面一辆是由一个小伙子开动的。小伙子棕发蓝眼, 穿了深红色的运动衫。维利向他说什么, 他的车速稍微放慢了。

这时姑娘的车已经离我很近了。她有几分严厉地向后面的小伙子喊了一声, 小伙子赶忙加大油门跟上来。

两辆车都因为太快而跳动着, 很像一匹匹大马。

玛丽靠着汉斯夫人站着, 左手食指咬在嘴里。汉斯站在一边看着两辆车开过去, 眼睛眯着。我突然发现汉斯的个子非常高, 而且打了裹腿。

　　小说写的是童年时代的"我"亲眼目睹的一场惨剧：哥哥因为骑一匹没有接受训练也没有配置马鞍的马，从马上摔下，脸部受到严重伤害。他的恋人因此离他而去，这势必又使他和"我"的内心深深受伤。"我"曾想杀死那匹惹祸的马，但又觉得动物是无辜的，下不了手。童年时经历的这一不幸对"我"影响至深，当"我"在异国他乡看到小孩子骑马时，一颗心始终被牢牢揪紧。不时闪现的焦虑，成为悬念，将读者的目光一直牵引到最后。

　　作品的叙述有一个明显的技巧，就是采用了电影中的蒙太奇手法，让现实中的"我"不时地回到童年记忆中。无缝衔接的场景闪回，使中西方孩子童年生活的巨大不同得以鲜明呈现。尽管主人公始终没做任何评价，但是，我们仍可从他貌似客观冷静的观察中，感受到他的呼吸，窥见他心底的波澜。

老 人

在一片山地的边缘，生活着两个老人。那儿很偏僻，但有山有水，林木翁郁。小茅屋就搭在从山地流出的一条小溪边上。溪水不停地赶路，走向了很遥远的地方；但它在茅屋不远处稍稍歇息了一会儿，于是就形成了一个蓝蓝的小湖湾。

老两口无儿无女，却一点也不寂寞。为什么？因为他们特别喜欢动物，养了猫和狗，还有鸽子、鹌鹑、小羊、鸡、兔子，甚至还有几只刺猬。这些大大小小的动物伴随了他们，让他们高兴，有时也不免惹他们生气。

两个老人在山下已经生活了很久，虽然头发全白了，但身体非常健康。没有人知道他们是哪一年在此定居的，都认为这样两个老人和这样一座茅屋在山下，是自然而然的事情。小茅屋离最近的村子也有十华里远，所以从过去到现在，老两口都负责为那个村子看护山林。

其实他们完全可以自给自足。他们在坡地上垦了一块地，不大不小，正好用来种植一年里所需的粮食和菜。他们喝山

溪里的水，用溪边的红土做成了盛粮食的泥缸。夏天，他们在湖湾里洗澡，天冷了就烧热水洗。两个老人都很爱干净，不仅是身上没有灰尘，就连小茅屋内也扫得很光洁；灶口没有积灰，灶前没有草屑。

山上山下都生满了野花，他们最喜欢的是铃兰。这种多年生草本植物每到了五六月份就开出了白色的花，一朵一朵垂着，像一口口小钟。这些悬起的小钟一溜儿摆开，数一数，不是八个就是十个。它们长在阴湿的山坡林下，两个老人常常移栽一些到屋前的空地上。几年之后，小院四周到处都是铃兰了。

初夏铃兰开花了，盛夏又该结出红色的浆果了。

只要是喜爱花的人，就一定有许多的朋友。那些走迷了路的各种动物在茅屋前停下来，一会儿就能得到老人赐给的食物；有的干脆住下，成为小院中的一员了。他们的这些动物中，大多都是自己留下来的。这儿尽管离人们聚居的地方很远，可仍然有不少人特意赶来聊天、玩。来得最多的是老人们，他们说这儿的溪水甜，这儿的烟叶味道也醇。客人玩得时间晚了，就在这儿吃饭。那时猫、狗，甚至是羊和刺猬也大模大样地走到饭桌前。没有一个人驱赶它们，大家都习惯了。

日子久了，人与动物彼此十分理解：对方的性格、心地、特长以及怪癖，早已烂熟于心。动物们甚至或多或少地弄懂了人们的语言，客人们一边吃饭一边说话，它们就默默地听，有时听到热闹处就忘记了咀嚼。

美生灵

人们给所有动物都取上了名字，什么"花儿""小狸""二柱""三虎子""玉玉""白白"……哪一个嘴馋、哪一个脾气暴，都一清二楚。它们自己也不想隐瞒自身的弱点，有话直说。比如这年夏天，正是铃兰开花的季节，老人刚刚割下的蜜被什么偷吃了一些，还没等追查，猫儿小花就在它们一伙里嚷："我知道这事儿会找上我，谁叫我的名声坏了哩！其实我才不愿意吃甜……"

除了在山上和田里忙，老人把所有空余时间都用在它们身上。它们就像老人的一群孩子，有时孝顺，有时顽皮。如果它们之间吵起架来，大爷和大娘就出面调解，哪一个不听，就要挨训。老人希望它们互相帮助，个个讲卫生，勤洗澡，勤漱口，并且要把住处搞得整洁。黑狗三虎子不拘小节，鼻子上常常有鼻涕，不像猫们那样天天洗脸；而且它有一次还迎着大娘打了个长长的哈欠。"修养，还是修养问题啊！"大公鸡二柱跟在大娘和大爷身后，这样议论三虎子。

如果人人都像两个老人这般宽容和仁慈，世界就会充满了爱。他们对大家问寒问暖，体贴备至。母狗小狸到那个村子里去玩，被负心的雄狗咬伤了右前爪，让大娘多么痛心。她一天两次催老头子上山采药，亲自为它洗伤口，换药。小狸疼得一叫，大娘就流眼泪。

玉玉是一只鸽子，白白是一只羊。它们小时候都怕冷，冬天都曾被大爷大娘揽进过被窝里，也都不小心在被窝里撒过

尿。两个老人不仅没有呵斥它们，反而以人作比，安慰说："哪家的小孩儿没尿过床？"

老人为它们操了多少心。大家回想这些年的经历，再看看老人的不停奔波，有忍不住的心酸。羊儿白白有一次对大爷和大娘说："俺这些不是人的东西，只能给您二老添累，不能帮上一点忙儿……"两个老人听了一个劲儿摇头。大娘笑吟吟地打断它的话："也不能这样说。什么才叫帮忙？人活在世上就过一个心情，大家和和气气在一起比什么都好。就拿你们长那副小模样来说吧，俺人就长不出。看看、摸摸，心里恣哩！"

白白把大娘的话回去传达了一下，大家都兴奋，但是沉默着，羞羞的。猫儿小花红着脸问大家："你们说，我们真的像他们讲的那样，长得那么好看吗？"小花的漂亮是出了名的，算是美的代表。不过由它来提出这样敏感的话题，似乎并不适当。大家都不回答它的话。

从那次以后，它们心里都装了一句话，但并不说出来："我们是美的。"

为了与心中的话对应，它们从此很注意自己的言行举止。大公鸡二柱过去每天里都忍不住要说四五句脏话，现在只是偶尔才说。鸽子玉玉通常就很讲究衣饰，这会儿干脆描眉搽粉，还染了指甲、抹口红。三虎子讥讽它："看哪，玉玉急着找婆家了。"玉玉反击说："就找！就找！我要找一个弃文经商的作家儿……"

六月里，天多么蓝，月儿多么亮，铃兰开花了。一口口小钟悬挂在枝叶下，夏风一吹，发出了叮叮咚咚的响声——这声音只有它们一伙才听得见。多好的夏夜啊，入睡真难；好不容易睡着了，有时又被钟声弄醒。

月亮最圆的那几个夜晚，成群的蜜蜂都要出来寻找铃兰花儿。它们钻到花蕊上，或者说是把整个身体攀到了钟垂上，一下一下悠动。

于是满山遍野都是震耳欲聋的叮咚之声。

"吵死了，还让咱睡不？"它们在茅屋前爬起来，搓着眼睛。大家都愉快地抱怨。后来不知是谁说了一句："多好的月亮天，多好的夜晚哪，这个时候用来睡觉太可惜了：一起玩吧！讲故事吧！说说心里话吧！聊个家长里短吧！"

"中！中！"大家一齐模仿着大爷的话。

【赏读札记】

两位住在山地边缘的老人，过着远离人群、与大自然亲密无间的生活。他们并没有觉得孤单，相反，却像那些儿孙满堂的老人一样幸福而充实。他们与各种动物都有交流，彼此能听懂对方

的话。因为他们的宽容和仁慈，动物们之间相处得非常和谐。这简单的故事说明，人不必非得与人相处才能获得充实与幸福。人完全可以在与动植物的交流中，获得一种圆满自足。对于生活能够自理的老人而言，特别是这样。

这篇小说中，动物们不断开口说话，人与动物、动物与动物之间不存在交流障碍，一切都打通了。这样一个世界应该算是童话世界了，然而除了对话这一点，别的都是现实的。这里也并非桃花源，而是真实的存在。正是通过这种虚实相间，作家写出了一个简单的理想，同时也告诉我们：建立一个与动植物和谐相处的圆融自足的世界，是可能的，也并不困难。文中大娘有句话说得好："人活在世上就过一个心情，大家和和气气在一起比什么都好。"这朴素的话语含有哲理，也透露了老人为何住在这里。

美生灵

　　暮色中，河湾落满云霞，与天际的颜色混合一起，分不清哪是流云哪是水湾。

　　也就在这一幅绚烂的图画旁边，河湾之畔，一群羊正在低头觅食。它们几乎没有一个顾得上抬起头来，看一眼这美丽的黄昏。也许它们要抓紧时间，在即将回家的最后一刻再次咀嚼。这是黄河滩上的一幕。牧羊人不见了，他不知在何处歇息。只有这些美生灵自由自在地享受这个黄昏。这儿水草肥美，让它们长得肥滚滚的，像些胖娃娃。如果走近了，会发现它们那可爱的神情、洁白的牙齿，那丰富而单纯的表情。如果稍稍长久一点端详这张张面庞，还会生出无限的怜悯。

　　没有比它们更柔情、更需要依恋和爱护的动物了，它们与人类有着至为紧密的关系，它们几乎成为所有食肉动物的腹中之物，特别包括了人类。它们被豢养，被保护，却要付出生命的代价。它们只吃草，生成的却是奶、是最后交出的全部。它们咩咩的叫声，可以呼唤出多少美好的情愫。它们那不可理解

的互相倾诉和呼唤，那由于鸣叫而微微开启的嘴巴、上皱的鼻梁，都让人感到一个纯洁生命的可爱。

它们像玉石一样的灰蓝色眼睛，有时会一动不动地看着你，直到把你看得羞愧，看得不知所措。

它们还很幼小时，就长出了一撮胡须，甚至还长出两个可爱的肉坠；你抚摸这胡须这肉坠，似乎看到它在向你微笑，向你无声地询问：你的来路，你的归路。可是它唯独不谈自己，不触及那无一例外的凄惨命运。人在这种美生灵面前，应该更多地悟想。人一生要有多少事情要做，要克服多少障碍，才能走到完美的彼岸。这遥遥无期的旅程，折磨的恰是人类自己的灵魂，而不仅仅是这一类生灵。人类一天不能揩掉手上的血迹，就一天不会获得最终的幸福。这是人类未曾被告知的一个大限、一个可怕的命数。在这个命数面前，敏慧的心灵应该有所震撼。

温柔和弱小常常被欺辱，可是生命的无可企及的美却可以摧毁一切。它最终仍然具有威慑力和涤荡力。

三只小羊跟在它们母亲身边，那种稚声稚气的咩咩声至为动人。它们的母亲只顾寻找食物，几乎对它们的呼叫充耳不闻。它需要抓紧时间摄取更多养料，以便生成奶水来饲喂它们。它知道这些撒娇声，这嗲声嗲气的求告和呼喊没有多少要紧。三个孩子没能使母亲注意它们，最后就自觉无聊地在一块儿戏耍起来，像赌气似的，离母亲尽可能远一点，用有些笨

美生灵

27

拙的、粗粗的、像木棍一样的前腿去踢踏绿草，或者是瞅准了一个踽踽前行的小甲虫，用毛烘烘的嘴巴去触碰，打一个不为人知的小喷嚏。它们有时候也干架吵嘴，甚至拳脚相加，额头顶在一起比赛角力，甚至故意伏在另一个的背上，让它一边抱怨一边驮着往前走……这样的把戏玩了一会儿又觉得无趣，它们就一块儿向着远方奔跑，一蹿一蹿的，那是学着大羊们奔跑的样子。它们一口气跑到了河边，最后返回；它们从几只大羊的空隙中站直——它们想起了母亲，立刻惊慌失措地呼叫起来。它们的母亲也在寻找孩子——她一抬头发现孩子们不见了。母亲的叫声比小羊的叫声要粗重有力多了。这遥遥相对的呼应此起彼伏，渐渐惊动了群羊。所有的羊都昂头发出了叫声，帮一个母亲寻找三个孩子。后来它们三个重新回到母亲身边，羊群才开始寻找食物。

　　荒原、草地、开阔的原野，好像最适合放牧，天生就该是羊的世界。羊们几乎毫无侵犯性，全身都蓄满了阳光。它们把这温暖和热量分赠人类，人类却对这宝贵的馈赠毫无感谢之情。他们已经习惯于从弱小的生命里索取和掠夺，因为他们自己在同类中也常常这样去做。在不同的物种之间、不同的动物之间，比人类更无知更野蛮更荒谬的，并不是很多。比起很多弱小的生命来，人类几乎不懂得羞愧。他们也曾编造和制定出一些道德的规范和准则，却对自己的不道德视而不见。他们更多的时间像羊一样吃草，有机会却要放下草吃羊。他们常常奢

谈自然界的所谓"食物链",却从来不研究自己与其他动植物所构成的"食物链"。在整个宇宙的生命链条中,人类构成了多么可怕的一环。作为某些个体,他们不乏优秀的悟者;作为群体,他们却是无知的莽汉。他们在把整个星球推向毁灭的边缘,却又沾沾自喜地夸耀和骄傲……

暮色苍茫中,这一群美生灵被霞光勾勒出一片剪影。它们驮着所剩无几的光明缓缓而行。它们大概也会有关于黄河岸边这美好一天的记忆吧。

每一天对它们大约都是珍贵的。灿烂的阳光,绚丽的黄昏,无边的阔水和碧绿的草地——大概它们心中都会留有这美好的印痕吧。

从它们灰蓝色的眼睛里,从那种默默的注视中,似乎可以感受它那潜在的灵性、温柔的本色、善良的心情。在这生命进化的历史上,它们的确是一些跨过了漫长世纪的苍老的生命;它们也许懂得太多太多:关于这个星球、关于漫漫时光、关于生命的秘密。

原来它们额下垂挂的那一缕胡须,远远不是什么滑稽的标志,而是深刻的象征。它们正因为对这个世界知晓得太多,才这样听天由命。

它们从来都没有停止去做的,就是每天用自己弱小的身躯,驮回最后一缕阳光。

【赏读札记】

　　文章出自一颗至善的心灵，充满了柔情而又贯注着理性，特别容易唤起善良的人和孩子们的共鸣。作家称羊为"美生灵"，为它们等待宰割的命运而叹息，深深地触动了我们的心。平日里我们只知道吃羊肉，有谁顾惜过羊的生命？如果说羊的命数本该如此，那么人类的命数又该如何？"人类一天不能揩掉手上的血迹，就一天不会获得最终的幸福。"有"敏慧的心灵"的一个人，对"习惯于从弱小的生命里索取和掠夺"的人类提出了批评和警告。

圣华金小狐

　　一双大大的水灵灵的眼睛望着前方，让人想到它的思绪正落在悠远之地。

　　它的整个神气哀怨、警醒、温驯，还有一丝勇武。像许多四蹄动物一样，它也有着硬邦邦的长鼻梁，鼻头也像一枚坚果，嘴巴上也有两撇长长的胡须，一对朝上竖起的很大的耳朵。它躺下时，将两只前爪压在颌下，专注而警觉地看着一个地方。

　　它的眼睛渐渐渗出了一层泪光，它在泣哭——也许往事不堪回首，它在思念：思念自己的亲人、朋友，甚至是恋人。它让人想起美好的童年，一些绕膝的孩童。

　　它的皮毛一尘不染，由银灰色、黑色和金黄色的毛发组成；那张光洁的脸庞有着一股不可比拟的生鲜活泼的神气。不言而喻，它的周身都洋溢着一种草原的气息。

　　这种圣华金小狐是北美洲犬科动物中最小的一种，是极不安分的生命——每一只小狐都需要一平方公里的空间。到本世纪末，它们有可能灭绝。从此我们这各种生命川流不息的世界上，将彻底失去它的踪影，就像失去庞大的恐龙——但那是一些大得不可思议的动物，我们这个拥挤的地球也的确难以养活它们；而眼下的小狐却是这么小、这么秀气，像孩子，像单一性别的女孩。它们绝对无害于这个世界。人们可以从摄像纪录片、从照片上去领略它永不磨灭的美，去欣赏它雄健的身姿。可是我们在真实的田野上将再也看不到它，看不到它蹿蹿跳跳灵捷无比的身影了。

这样的一双目光、一张脸庞，让人心动。可是更多的时候，人类已经在残酷的追逐和杀戮中丧失了感动的能力。对于死亡、流血、可怕的变故和异类的伤痛，已经变得相当漠然。

在一个只关心一己荣辱和安逸的现代世界上，很少能够有人再去挂记一个语言不通、远在他方的小小生灵了——无论它长得多么可爱、多么滑稽可笑：不知何故的两撇胡须，顶着一个坚果似的鼻头，特别是有那样生动的一张面庞，一双水灵灵的处女似的眼睛；也不管它是多么聪慧机灵；它的即将灭绝的可怜命运……现代人在精神和物质的双重压迫之下，已经没有更多的精力去关怀它们了。

圣华金小狐，还有其他无数的可爱生灵，都将在残酷的时间和命运的戕害和淘洗下，消失终结。但是，总有一些特异的心灵在关怀它们，为之呼吁、奔走。他们为它摄下了美丽的照片，试图永远挽留这些可爱的生命。他们在很多方面将它们看得与自己一样宝贵——因为它们同是阳光照耀下的形影。

这些人总是人类当中最优秀的一类。无论他们自己怎样孱弱和艰难，却始终抱有巨大的关怀力。当然，这种力量源发于一颗善良的、扑扑跳动的心脏。他们的博远的关怀，一直到自己生命的终点才会消失。

对于他们而言，世界给予的回报就是：让他们的眼睛更多地看到大自然中奇异的美。比如说，只有他们才可以注视这只圣华金小狐，可以领略它双目中所蕴含的那种无限的柔美、那种来自其他生命的伤感、那个不可诠释的灵魂。神秘的大自然让变幻莫测的其他生命去安慰这一部分人类，让他们伤感、欢乐、激越、幸福，当然更多的还有忧伤和牵挂。可是那些失去了这些的人，难道又会有更好的命运吗？难道一个轻飘飘的生命，就会获得更多的幸福吗？

有人就是执拗地、顽强地要弄通与他们完全不同的另一些生命的奇怪情感，比如说这些生灵们的思绪、意念甚至是语言。他们不相信其他的生命就没有语言。他们从云雀的欢歌、小猫的呼唤甚至是老野鸡嘶哑的长叫之中去感觉和猜悟，努力理解着它们为什么而激动、而叫喊。万物的激越之声交织成这个世界上最绚丽最辉煌的一部乐章，可是许多人却没有这种倾听的能力，没有这种享受的能力。他们失去了一个机会又一个机会。在这个世界上，他们只重视自己的声音，只倾听自己所谱成的单调而冗长的音乐。

小狐的那一双眼睛似乎在向我们诉说关于它和它的同类

的一个长长的故事。或许它把一首最好的歌藏在了心中。它不得不在目光中掺上更多的警觉；它的鼻头也在用力地嗅着陌生的、掺杂了恐惧的气味；双耳也高高竖起，在捕捉那可疑的声息——它的那个故事就包含了这一切：它们的经历，它们步步撤退和消亡的历史。由于语言的阻隔，一切沟通的可能都化为乌有。它们不得不流徙，走向更远的远方，走向末路。在这纯稚的想念中，它们忽略了至为重要的一条，那就是它们的厄运远远不是丧失沟通所造成的，而是源于同居在这块土地上的另一些生命——人类心灵的残缺，源于他们的丑陋、偏执、凶暴和不宽容的本质。

圣华金小狐这一双水灵灵的、蒙着一层晶莹的眼睛，是面对整个人类的一次无声的质询。这是一对让人战栗的目光，所有的人面对着这样一张面庞、这样一双眼睛，都应该长长地反省。因为这样的反省关乎到人类自己的未来。人类在这样的一双眼睛面前，应该全面地检点自己的行为，追索自己的品质。当我们在一次又一次地颂扬"多元"和"宽容"的时候，我们是不是正在走向它的反面。我们不仅不"宽容"，而且偏狭和专横；我们不仅没有"多元"，而在顽劣地维护"一元"。

圣华金小狐的目光告诉我们，它已经不相信我们冠冕堂皇的言辞了。它把我们虚伪的本质看得一清二楚。它们留下的美丽图像将比我们自己永恒得多、可爱得多。当最后的时刻，当一切都必须交还神灵的时候，圣华金小狐和它的朋友们将

美生灵

是最后的胜者。

它比我们完美、漂亮、无私而自由。它属于犬科动物，可是它毕竟没有像狗一样完全依附于自己的主子。所以狗们就不断地处于繁殖、剿杀、利用、驯化的那种悲惨境地。不错，作为一个物种，也许狗们可以伴随人类走到终点，可是它们却在忍受着双倍的屈辱。人类的苦难它们也将一起承担。人类对于它们不像对待牛羊一样，仅仅出于物质的需要，仅仅食其筋肉，取其毛皮；人类对狗们还有精神上的永久的奴役。

圣华金小狐亮晶晶的眼睛告诉我们：它不愿意。它仅仅属于荒原和自己的陌路。

【赏读札记】

一种女孩一样美丽可爱而又"绝对无害"的动物，就要在地球上灭绝了，这让作家深感痛心，思考之余，对"在残酷的追逐和杀戮中丧失了感动的能力"的人类给予了谴责。这个世界原本属于万千生灵的，自从人类成了主宰，别的物种的存活就越来越艰难了。对于万物联合奏响的美妙乐章，很多人已经丧失了倾听和享受的能力，这是最可悲的。人类的戕害迟早会变成自戕，这可怕的一天正在逼近。

小　羊

一

西边篱笆墙下

一只洁白的小羊

我在它身旁坐下

迎视灰蓝色的双目

一片温存

嘤嘤呜叫柔软如绸

一瞬间让人充满感激

去原野采来大把浆果

它把头颅顶到我的胸前

静待一刻钟

我和小羊

　　一动不动

闭着眼睛

二

深夜他乡

一人独处之时

想到它光洁的额头

顶在胸前沉默那一刻

就两眼湿润

我不知这激动

连接了多么遥远的源头

那个秋天同去海边丛林

你不停地转动脖颈

一个影子落在脸上

那是一只苍鹰

各种各样的花

虎尾兰、吉祥草、玉簪、绥草

心醉神迷不能举步

猎人走过身边

血腥刺鼻

你贴紧身上

等他走远

走得无影无踪

夜空闪烁着我们的高兴

去海棠树下找姥姥

有趣的故事使人欢笑

悲凄的故事让人垂头

月光流泪

姥姥把你揽到身边

用衣襟擦一下脸

有星月和故事

有最多的伙伴

猫儿跑到姥姥腋下

大辫子尾巴弄痒她的脸

大黄狗来了

长长的鼻梁——触碰

冷凝深秋

那个夜晚我被告知

即将降临一个逃窜的黎明

一切如此突然

我们相拥

美生灵

抚摸告别的时光

全身战抖

就像在丛林中遇到猎人

三

消失了

一只小羊

全部的童年

想着你灰蓝色的双眼

倾听四处围拢的夜声

隐约听到你在泣哭

山夜该永远记住

北方一只柔白的小羊

无援无助站在那儿

多少磨难和困苦

多少牵挂

无数个欢乐的白天和黑夜

无数个愁苦的白天和黑夜

常常是北风呼鸣那一刻

被什么戳一下

蓦然抬头

一动不动遥望北方

这一生经历多少粗砺和纤细

只不忘你的眼睛

北方

一个遗落的窝棚

灰蓝色的眼睛注视着

四野里大雪纷飞

一辈子的牵挂在那个瞬间

　凝聚

不要泣哭

不要嘤嘤呼唤

我的小羊

我的北方纷纷大雪中的

　小羊

【赏读札记】

　　"这一生经历多少粗砺和纤细/只不忘你的眼睛"。童年时与自己厮守的一只小羊，竟如此牵动诗人的衷肠，以至于要以这样一首长诗追忆和记录。羊是善良的，小羊尤其需要呵护，诗人由小羊的命运想到自己的命运，哀怨与悲怆油然而生。诗人的童年是不幸的，时常面临着欺凌与威胁；当"一个逃窜的黎明"即将降临的时候，他只得与小羊相拥告别；此后彼此再也没有见面，童年伴随着一只小羊就此消失了。诗的结尾，诗人安慰小羊"不要泣哭"，其实也是在安慰自己。用一首诗记录一段心史，是值得的，也是有意义的。

注　视

　　霞光照亮你眼前的这片斑斓，各种野花开得如此绚丽。可能是被这美惊呆了吧，你一动不动地注视。草原、天空，一切都化作了映衬的背景；你站在一片生机盎然的世界里。

　　我不愿打扰你，一直注视你——就像你注视着这片土地一样。

　　我想起了与你在一起的那些时光，你的故事，我的故事……

　　你是所有生灵中最为淳朴的一个，我不记得在这片平原上有谁比你给予人的更多。你永远操劳不息，过着辛苦的生活。作为一个母亲，你生育了那么多儿女，它们一个个彪悍、强壮、皮毛闪着光亮。你把它们一个个送到远方，它们都像你一样不辞辛苦劳作一生。是它们驮来水、粮食和人们所需的一切；而它们和你一样，每天吃下的都是草。

　　难得有这么一个机会，你不受约束地跑到了这片旷野。你正想起自己的孩子，自己的伴侣，还有那些友谊。记忆一滴滴从心头滤过。

现在只有你自己了。这一生仅仅有一个人曾经亲近过你——一位退伍的老人。

他从来没有像其他人那样呵斥你、鞭打你，或者让你驮起山一样的货物。他为你揩去身上的尘土，把干结在毛发上的泥巴用水洗去；他最愿抚摸你，拍打你的脑壳。他在你的两只长耳上留下了指纹。他常常看着你两只又大又亮的眼睛，不停地看。他向你诉说，可惜你一句也听不懂；但你最后总能从他慈爱的语气中把什么都搞明白。他有时把粗糙的大手按在你的嘴巴上，感觉你呼出的那两道热气。他为你取来可口的草料，取来水。半夜里，他总是爬起来给你送去吃的东西，陪你一会儿。如果是大雨天或大雪天，他就蹲在你的旁边，吸一会儿烟斗。

那个老人像你一样，只是一个人。他那么孤独。原来你以为将和老人永久厮守下去，没想到他会走在前边。那一天你仰起脖子昂昂大叫，惊动了整个村庄。所有人都不解地看你，有的甚至威吓你。可你再不能够安静，奋力挣脱，只想把缰绳挣断，扑到那个躺卧的身躯上。你想用疯狂的呼号把他唤醒……一切都是白费。你眼看着老人被他们抬走了。他再也没有回来。从此你的幸福也就完结了。

接替老人的是不知从哪里来的一男一女，两个年轻人。后来你才知道，这是他不孝的儿子和儿媳。他们继承了这座泥

屋，还有院子里杂七杂八的东西，当然也包括你。他们把一切不幸和沉重都加给了你，只为了维持自己的懒惰和无耻。他们贪婪地吞咽各种食物，却把一堆焦干的草节推在你的面前。他们在许多时候忘记了给你水。就这样，你干干地咀嚼，把痛苦和想念一起咽进胃里。有好几次你病得就要死去，浑身颤抖，甚至站不起来。而他们对这些像是毫无察觉，仍旧逼你到地里劳作，从早晨到天黑；你倒下又被鞭子抽起，有时实在起不来，他们就绝望地踢打。连你自己也不明白，是什么使你产生了那么大的力气，最后总是站起来……

这个没有温情的人间啊，你什么都不留恋，只留恋那一段记忆：老人抖抖的手，还有他咳嗽的声音。一切都宛如眼前。有好几次在劳作时，你想寻个机会跑掉，跑得越远越好，再不回返。你想在一个谁也不会发觉的地方倒下，死去……想是这样想了，可是每次走开又返回，返回那个泥屋。因为在那里，你可以听到老人的声音，嗅到他的气息。是的，只有在那里。这世界上再没有任何一个地方可以回忆那一切了。

简直就是记忆把你生拖活拽，拽向了那个牢役之地，欺辱之地。你的全身很快变得又脏又臭，到处都是泥巴污水，苍蝇一团团在身上滚动，叮、吮，让你踏动四蹄。你张开嘴巴咬它们，总是一下又一下咬空。这时候那个浑小子拉着他那个丑陋不堪的女人，在旁边嘲笑引逗。

你总在盼望雷声响起，盼一场雨冲洗身体，让毛色重新变得光鲜。这雨啊，终于被你盼来了——当淅淅沥沥的雨刚刚下起，你就不顾一切地挣脱，一跳挣出泥院，然后一直向北……

你站在海边平原上。雨水下得格外急，一地绿草都被淋得亮晶晶的。它们在雨中摇动、歌唱，你一听到它们的声音就变得年轻了。跑啊跑啊，白色的沙子印上了深深的蹄印，走到哪里，都有一些植物仰脸微笑，发出问候。它们还记得很早以前那个老人和你一起在这荒原上踱步的情景。

那是怎样欢快的时光啊！老人的笑声响在耳畔，你踢踢踏踏地走，有时仰起脸，在老人的胳膊和胸前磨蹭；你用鼻孔去触动老人的胡须。老人一点也不烦腻，捧着你的脸看；他摸你的额头，拍打你的后脑，咕噜几句……

有一次你亲眼看到老人迎着霞光久久地看着、看着，后来揉揉眼睛，两线长泪流下来。你昂头看着老人，发出了自己的询问。可是老人听不懂。你无法容忍一个老人的泣哭，只把这情景、这疑问和难过一起咽下肚里。有多少可怕的故事装在老人的心中啊，你垂下了头。

就在这同一片沙原上，往昔的故事在雨中流动，渗到沙土里，渗得很深很深；只有以后，它们才会随着另一茬植物钻出地表。原来整个沙原上碧绿灿烂的一片，都是在倾吐原野的心事啊。这么多的心事，这么多的怀念。各种各样的生灵都在这儿喧闹、鸣叫、奔跑。是的，这儿交织和遗留了各种各样的

心事。它们永远不会完结，永远不会。

而我这个无奈的、被许多人厌恶的生命，也没法无辜地终止自己、遏制自己；我只能往前，往前；我是在迎着无法预料的厄运往前啊。

雨停了，云彩裂开了。霞光猛地射出。啊，原来还是一个早晨，太阳刚刚升起，自己被霞光照得周身闪亮，洁净无比。你突然觉得自己精神倍增，浑身都是力量。你奔跑、奔跑，想一口气跑遍这片沙原，这片自由之地，这片属于你和那个老人的土地；后来，忽然间，你像猛地听到一阵惊心动魄的音乐似的，一下站住了。

你站在了一丛灿烂怒放的野花跟前，一动不动了。

一滴晶莹的水珠从花蕊上落下。

你在想：它们正幸福地泣哭……

- -

【赏读札记】

一头驴子的故事，被作家演绎成了动人的诗篇。这驴子原本有爱，但爱它的那个老人死后，它的处境就变得越来越糟糕了。缺少怜悯之心的人的虐待，让它无比思念老人，最让它痛

姜生灵

苦的是这里已没有老人的气息。在几经磨难之后，它终于逃离了
"牢役之地""欺辱之地"，奔向了"自由之地"——那片属于它
和老人的沙原。作品最后将驴子的命运交付给了诗意，令人欣慰
和感动。

小说与动物

——在香港浸会大学的演讲

今天谈的是"小说与动物"。这样的题目显然有很多话可以说，因为一部小说讲动物的故事、描述动物，肯定会非常有趣。

蒲松龄与《聊斋志异》

谈到小说与动物，我们首先想到的会是中国的短篇小说之王蒲松龄，想起他的《聊斋志异》。如果再把眼界放远一点，还会想起杰克·伦敦，比如他的《荒野的呼唤》和《雪虎》。

说到蒲松龄，让我稍微有点儿自豪感，因为我也来自山东。今天的山东是一个省，它的面积包括了春秋战国时代的齐国和鲁国，还有其他国家的一部分。所以说蒲松龄不仅是今天"山东"概念中的老乡，而且他还是齐国人，我和他在春秋战

美生灵

49

国时期就同属于一个国家。

在春秋战国时期，齐国是一个最强盛的大国，国都临淄与今天的香港差不多，是一座极度繁华的商业都市。当年的临淄的确是一个不得了的地方，那里不但商业繁华，还有著名的稷下学宫。稷下学宫相当于今天国内的科学院和社会科学院二者的相加，集中了天下最有名的学者，包括文学家。所谓的"百花齐放、百家争鸣"，就是在说那个齐国的学术和人文，用以概括它的学术繁荣、学问风貌。就是这么一个伟大的地方，后来产生了写动物的大手笔。原来这里有一个可以追溯的传统。

蒲松龄比春秋战国时期晚多了，他是明末清初的人。但是他对齐国文化的流脉显然是继承了很多。我们今天看蒲松龄的小说，其中写得最多的就是狐狸。他因狐狸而有名，他因动物而传世，他因为对动物惟妙惟肖的联想和讲述而变得不朽。他不光在中国，包括在西方，都很有名，被看作是中国最有代表性的作家之一，是一位了不起的古典作家。

我大部分时间都在"齐国"生活。从时间上看，我跟蒲松龄相距遥远；但是从空间上看，我生活的地理位置离他并不太远，以今天的车程，也就是一个多小时的路。他书中描写的很多关于狐狸的传说，在我们那个地区有许多人耳熟能详，几乎每个上年纪的人都能讲出一大串。人们都知道，动物中最有代表性、最有智慧的就是狐狸。而且他们讲的故事中有很

多是跟《聊斋志异》完全不一样的。但是那种讲述的技巧、趣味，我觉得一点也不亚于《聊斋志异》，只是没有记下来，没有形成那么完美简约的文字而已。

所以让我来看蒲松龄和《聊斋志异》，就没有那种古典文学研究者的视角——他们可以从中分析出很多微言大义，比如说常常被提到的"刺贪刺虐"，我就看不出太多。今天看，用狐狸作一种比喻，作为他个人当年心性的宣泄，这当然会有一点，但我觉得主要的还不是这个。一个从齐国土地上出来的人，比如我，甚至可以忽略蒲松龄的文学技法，而更多地沉浸在民间传说中、那种自然地理的气氛里——是这样来阅读蒲松龄作品的。

我首先觉得蒲松龄的写作目的，有可能与后来的研究者得出的结论并不一样：他大多数时候并不是把狐狸作为一种比喻来使用的，而是本来就采信或者大部分相信这些狐狸的传说。就是说，他认为这些民间流传的故事是真实存在过的。

这就带来一个有趣的问题：小说与动物的关系。当一个作家相信了动物的奇能，听信了它们的故事，二者之间发生了这样奇怪的、致命的变化的时候，他的作品也就会是另一种风景了。这样的作品会具备特殊的感染人的魅力。也就是说，作家如果不仅是为了写动物这个题材、不是把动物作为一个道具使用时，他的文学面貌就会为之一变。

　　对于蒲松龄，我个人的阅读感受是，他在那个地方生活了很久，对动物传说早已耳濡目染；或者他个人就经历过类似于小说所描写的那些情节、那些过程，所以才会那么满怀情感地、逼真地转述给我们听。他个人非常相信这些故事，相信狐狸有异能。

外祖母的故事

　　这里，我讲一件小时候记得很清楚的事情。当年，由于各种原因，我们一家是住在林子里的：动乱时期从远处搬到偏远的村落，再后来连这样的地方也不能待，就迁到一片远离村落的林子里。这种生活是非常孤独的。那是海边，是一片荒凉的原野，我们家的小茅屋四周全是丛林。我的童年就在这样的一个环境里度过。

　　那时候林子里经常出现一些背枪打猎的人。他们带一个帆布大口袋，口袋的一角往往被红色染透，那是动物的血。我出于好奇，有时跟上他们走出很远。回来以后，家里的大人就说：一定不能伤害动物，特别是狐狸，不能打——猎人在我们这一带几乎没有一个有好下场。

　　有一天外祖母给我讲了一个故事。她说有一个猎人，这个猎人就住得离我们不远，她甚至说得出他的名字、多大年纪。她说他经常到海边这片林子里来打猎，有一次遇到一只狐狸，

当举起枪的时候，那只狐狸马上变成了他的舅父，他就把枪放下了；可是刚放下，对面的舅父再次变成了狐狸，还做出一些很怪异的动作引逗他，他只好把枪端起来——当他正在瞄准的时候，这只狐狸重新变成了他的舅父。就这样反反复复三四次之后，他终于认定这是一只老狐狸的把戏，就把扳机扣响了。随着轰隆一声，事情也就结束了——待烟雾消散之后他走过去，见猎物趴在地上，翻过来一看，真的是他的舅父！多么恐怖啊。他大惊失色，哭着，可又不太相信，仍然觉得这有可能是狐狸演化的。他扔了枪，一口气跑到舅父家。舅母一看他慌慌张张跑来了，问有什么事？他只急急地问舅父在不在家？舅母答：你舅父到海边砍柴去了。他立刻给舅母跪下了。

我那时太小，从未想过外祖母讲的是一个传说，而认定是一件真实的事情。这让我感到恐怖。

两部写狗的小说

当年我们的林子里有很多狐狸，还有其他各种动物。我小时候见到的动物和植物，从数量上看可能要远远超过见到的人。这就注定了我后来的文学道路、文字的气质与色彩，也难怪会被称为所谓的"生态和自然文学"。

但以我自己对文学的理解，并不太主张从题材上把它们分得很细。今天做文学研究要这样分也许情有可原，如他们

美
生
灵

往往分成儿童文学、军旅文学，或者城市小说、乡村小说等等。但是随着这种学术研究的不断细化、不断分割和量化，创作者本身也在自觉不自觉地把自己的创作加以归类，最后就出现了更多的"门类化写作"，不仅有"儿童文学""生态文学"，甚至还出现了"煤炭文学""海洋文学""女性文学"，总之分得越来越细。这样充分细化以后，"文学"反而没有了——有些写作无形中就会试图获得某种"豁免权"，比如说当作品与作品进行比较的时候，有人就可以满怀自信地暗示自己：我写的是另一类作品。也就是说，他可以强调自己写作的特殊性和不可比性。

其实任何题材的写作只有优劣之别，都仅仅是无可豁免的"文学"。作为一个写作者，会知道文学都是平等的。不仅是种种分割对于文学写作是一种伤害，对于其他方面也没有好处。文学就是文学，无论写儿童还是写生态，它的标准只有一个，就是考察作品的艺术与思想含量、它在某一个高度上所达到的和谐、感人的力量，它所抵达的人性深度。这才是最重要的。

比如写动物的小说，初读杰克·伦敦，有多么深刻的感触！我大约在高中的时候读了《荒野的呼唤》——这是读过杰克·伦敦许多短篇小说之后看到的一个篇幅不长的中篇。印象中，它的长度大概折合汉字五六万字。由于被深深地迷住了，当时是一口气看到底的。我被如此地吸引不是因为小说写

了一条狗，而是其他。深深感动我的原因，主要是他通过这个生灵，写出了那么多的热爱，那么多的对社会不公平的反抗、个人的愤怒、柔善的情怀、神秘的旷野……这里面有杰克·伦敦扑扑跳动的心脏，这让读者清晰地听到了。他和那条狗的关系，不是与某个动物的关系，而完全是一个生命与另一个生命的关系。这里面有无限的意蕴。一个生活在底层的人、一个刚刚踏上了人生旅途的人，他对社会不公平的感受、对于黑暗的反抗，和社会的那种紧张的关系，竟然被表现得如此淋漓尽致。这可不是因为写了一条狗、写了一个动物而造成的文学的特色才吸引了我，而是他在人性、在人生和社会的探究中走得那么深那么远，以至于重重地震惊了我，打动了我。

所以说，关键不在于作家写了动物还是其他，而在于他对人性理解的深度，对社会牵挂的深度，更在于他的善良，他的博爱。这才是致命的。

后来我看了杰克·伦敦同样写狗的一篇小说，就是那篇《雪虎》，后来还改编成了电影的中篇。因为读前带着一部中篇的期待去读，期望值当然很高。这本书也很吸引我，但总不如《荒野的呼唤》那么动人。我相信自己在阅读方面的敏感和接受能力，尽管经过了翻译，还是能够捕捉字里行间那种把人击中的、看不见的神秘射线，感受它的力量。《荒野的呼唤》中潜藏的什么东西纠缠了我几十年，其中的情与境到现在还历历在目。

《雪虎》写在后面，作家的创作技法更丰富更娴熟了，人生的阅历也更深广了，而且同样还是写了一条狗——可是原来的那些不可以挣脱的神秘感人的力量哪里去了？我一直不解。后来我想：可能是杰克·伦敦内心里那种强烈的情感、情感的浓度，到了写《雪虎》的时候已经被稀释了一部分……随着小说的影响，作家的人生道路发生了变化，他与社会的关系、他的人生角度自觉不自觉地做了一些调整，所以有一些致命的因素正在改变……哪怕只改变一点点，对作品的影响都会是巨大的，后果不可挽回。

由此可见一部作品感人与否，不在于写了多少动物、什么动物，不在于写了什么题材，而在于最根本的东西，即作家是否仍然具有深刻的牵挂力、是否蓄有饱满的人间情感。

聪明的动物

当然，由于个人的生活环境所决定，我的作品也写了许多动物。这在我看来是自然而然的事情。后来有一位文学朋友对我讲：你的小说写动物太多了。有一次他读我的一个中篇，读到一半的时候满意地笑了，说："这篇还不错，终于没有狗。"我听了没有吱声，因为我知道再看下去就有了。他接上又看了几千字，那条狗终于出现了。

因为我个人没有办法不让它频频出现。在我童年少年的

经历里面，打交道最多、给予我安慰最多的，就是那条狗了。这可不是因为读了杰克·伦敦的小说。我在那样的环境里生活，非常孤独。野外的动物虽然很多，但它们不能与人交流，一见面就跑掉了飞掉了。能够跟人相依相偎的就是狗和猫了。而猫又不能像狗那样与人互动交流，不那么懂事。所以可以说，我那时经历最多的就是和狗的友谊。凭借对狗的观察，我有时候自信到了这样的地步，认为没有一个人能像我一样懂得它的心事、没有一个人能像我一样理解它的一些具体想法，比如眼神的微妙变化、心理状态等等，我觉得自己全都明白。

人和狗在一块儿好像什么话都能说通。它能够听懂。记得有一条黑白相间的雌狗，是特别漂亮的一个伙伴。我们在林子里、在河边上玩耍，累了就一块儿躺下休息……几十年过去了，那些场景仍然历历在目：它坐在那儿，你目不转睛看着它的时候，它就害羞起来，只用眼睛的余晖看着你，这样许久——当它知道你还在端量它，顶多四五分钟，就会猛地转脸做出一个吓人的动作——它被羞涩折磨得难以忍受了。

狗比我们大家通常预料的还要聪明许多，它们会理解人们细微的表情，心理活动极为细腻。大多数动物我们没有机缘与之亲密接触，不知道它们的聪慧。动物就像小孩子——专门做儿童研究的人说，儿童比大人、比家长们所能预料的还要聪慧十倍。

举个例子，胶东海边有一片丛林，后来被房地产开发商毁掉了。幸亏有一百多亩被保留下来，做了文化设施，这片林子还在。丛林里还没有来得及逃走的动物就汇集到了这一百多亩内，使我们有机会观察和接触到大量的动物。它们失去了自己的田园、自己的家，来到了这么小的一个范围，度过余生。所以大家都说：一定要好好爱护这些动物，千万不要去伤害它们。过去我们在无边的林子里走，大约一个多小时才能遇到一只兔子；而今总是有很多兔子窜来窜去。还有胖胖的、很洁净的花喜鹊，多到几百只，都汇集到这片林子里来了。

我观察过花喜鹊，这非常有趣。同样是喜鹊，在城里生活的喜鹊就长得比较瘦小，而且翅膀羽毛也没有这么亮、这么黑白鲜明。我在海边林子里看到的花喜鹊，每一只都很丰腴，而且神采奕奕，气宇轩昂，走在绿色的草地上，简直就是逼人的美景。它们落在树上也同样漂亮。可是我在城里看到的喜鹊都有点脏。麻雀也是这样。在海边，在白色的沙滩和绿色的草地上，它们生活得非常滋润，这从羽毛上一看就知道不是一只城市的鸟儿。所以有时候我会因此想到很多。

比如我在城里遇到了一群麻雀，它们经常在烟筒里取暖、在垃圾箱里翻找食物，浑身都脏不拉叽的。我就在心里设问：你们为什么不到海边去呢？我们人类若想去那么远的地方，还得找一辆车子，费许多劲儿——你们有翅膀啊，会飞，可以比我们飞得更高更远，又没有户口和就业问题——你们为什么还要在城里生活？你们为什么不到风景更好、更漂亮的海边

林子里去?

从麻雀又联想到人类,想到自己。我觉得自己不能离开城市有诸多原因,这儿有我的工作,有知识界的朋友,有个人生活的圈子。难道麻雀和我们一样,城里也有它们的知识界、文学界,有它们的学校它们的家,还有其他的什么?很可能也是如此。

再说喜鹊。大家知道,喜鹊在树上用枝条垒起的大窝,叫老鸦窝。经过老人指点,我才知道老鸦窝怎样垒是大有学问的:如果它的开口向西,那么这个地方未来一年的西风就会很弱;如果开口向南,那就预示着未来一年南边的风会很少。极少数时候,它们还会把窝的开口朝向天空,那样起飞降落都很方便——可是一旦这样,就预示着这一年要非常干旱。如果结合一年的气象来观察林子里的老鸦窝,会发现极其准确,简直是无一失误。

现在地震等灾难频繁地发生,而对于灾难的征兆,我们人类的感知力是非常迟钝的。因为人类越来越沉醉于自己的文明、自己的生活逻辑,被大量的知识控制着——我们开发了自己的智慧,同时也在遮蔽生命中更为敏感的那一部分能力,这可以叫作"潜意识"和"直觉"之类。但是动物们没有这些问题,它们与大自然的那种依存关系非常紧密,天地万物与之和谐,不可分离;它作为一个生命,与大自然的连接方式、密切程度,和我们所谓的"社会人"有本质的不同。所以当天灾来

美生灵

临的时候，有很多动物表现异常：驴会高声嘶叫，狗会骚动不安，鸟会满城乱飞。

我们刚才讲的喜鹊的例子，就令人惊讶。它们为什么能够在早达一年的时间里知道一年的风雨？这实在是太不可思议了。但事实上就是如此。

一只獾和七只野鸡

还说那一百多亩的林子。那儿一到了半夜，看门的狗就奇怪地向着一个方向吠叫，叫得很凶。大家就问看门的老陈这是怎么回事？因为都很熟悉这条狗，知道它对兔子、鸟雀、对熟悉的和不熟悉的人，叫的声音是完全不一样的。它这会儿显然是冲着一个很大的动物叫，而且极不友好。它冲着猫、冲着刺猬的叫声都不一样。这在熟悉的人听来可以分得很细致、很清楚。它几乎每天到了半夜就这样吠叫，这到底为什么？老陈说："那儿有一只獾。这只獾每到半夜就要翻墙过来。""獾到我们院子里来干什么？找吃的东西？"老陈说："我也不知道它来干什么。"

后来有人藏在那儿等那只獾。终于有一次看到了它：从墙上费力地翻过来，花脸，尾巴，月光下什么都清清楚楚。它非常敏感，发现了人，看了几眼，又从原地儿翻墙回去了：它的表情有点慌乱，有点害羞，似乎还很沮丧。它就这样走了。人们对

老陈描述了那个情景，相互讨论起来：可能是原来砌这道围墙的时候，把它隔在了外边——它在这个地方长久地生活过，如今是留恋故地啊……它流落到别的地方去了，夜夜想念得受不了，也就要回到原来的地方看一看。大家都同意这样的判断，认为这是一只有情有义的獾，是怀旧的能手。

还有一次，我在林子里走着，突然看到树隙里有些很胖的东西在慢慢挪动。那是什么？我借着树的掩护一点点接近它们——原来是七只雄野鸡！这就是我们有时候看到画上画的那种尾巴很长的野鸡，非常漂亮，时下就在眼前了，而且是一小群……雌鸡没有长长的彩色尾巴。这真是一个奇景，很难遇到，七只雄野鸡排成队伍，在林子里一点点往前走……可惜后来我还是把对方惊扰了，结果七只一块儿飞起来——因为树比较密，它们又太胖太大，起飞的时候就要像飞机一样助跑，那场景令人称绝。

我真是饱了一次眼福。第一次那么近地看到七只雄野鸡、看到它们一块儿往空中飞去。

手足情和残忍心

动物跟人的关系越来越疏远了。我们城市人顶多养一只猫、一只狗，很难再养别的东西了。受居住条件的限制，有时候我们连狗都不能养了。有一个美国女作家，她年轻时跟中国

美生灵

内地的某位女作家熟悉，两人是好朋友。这位中国作家八十年代初出国去看她时，对方已经是一位老太太了，在家里抱着一只猫，贫困潦倒。中国作家问："我到你们这儿发现，整个镇子上都养狗，你为什么不养一条狗？"女作家说："我也喜欢狗，狗能给我更大的安慰。可是你看看我这么小的屋子，只能养一只猫了。"猫是女作家在这个世界上唯一的亲人。

香港这儿，猫和狗比内地少得多。内地无论乡村还是城市，狗和猫都很多。香港可能由于人太多，生活空间相对狭小，在街上很少看到猫和狗。而今到内地去，会觉得宠物很多，有人开玩笑，说这是建国以来猫和狗最多的一个时期。

人们现在为什么要养这么多的猫和狗？实际上不是因为闲情逸致，而是一种需要，是为了排遣孤独。人人生来不可或缺的那种需求，对信赖忠诚和温柔的那份依赖，非要从它们身上获取不可。对这种需求，有人心里是明确的，有人则是浑然不觉的。日本人根据现代城市人的生活空间越来越小的特征，专门培育出一种很小的苍鼠——我们平时看到的老鼠都太大太丑，令人讨厌，他们就繁殖出一种颜色淡黄、个头很小，而且没有那条令人生厌的尾巴、挺可爱的所谓"宠物鼠"。有许多城市家庭连猫也养不起，那就可以养这么小的一只苍鼠，也算是一种安慰和满足吧。

现代人有很多得抑郁症的，这里面有各种各样的原因。其中一个最重要的原因就是脱离了大自然，过分沉浸、局限和

制约于人类自己制造的各种关系里面，完全被这种种规则、文明所钳制，时间长了就有问题，作为天地之间的一个生命就发生了异化——他们由创造一个最适合自己生活的文化环境、城市环境的初衷出发，最后却走到了一个极端，被这个环境所伤害、扼杀。这种趋势越来越严重。

我们人类脱离了大自然之后，一方面是渴望与动物们做平等的交流，渐渐与它们产生了手足之情；另一方面又与更多的生命产生了距离，以至于冷漠、排斥和杀戮它们，表现出十足的残忍。比如要取得医用的熊胆，有些地方就饲养活熊，为了让胆汁源源不断地流出，从而获得大量的利润，竟能采用极端残忍的方法：把一个金属的管子插在熊胆上，然后定时饲喂蛋白质，刺激它不断地分泌胆汁。一只熊要生存，要睡觉吃饭，要有起码的活动，可是这根金属管子就一直插在它身上。这是怎样的痛苦！这只熊带着一根管子，痛苦不堪，死不了活不成，最后就自残，向铁笼上撞，要撞死自己；有的去咬铁笼子，把牙齿都咬折了。

还有某个地方，有一种菜肴，要从活驴身上取下肉来做。店主把驴拴在那儿，让食客自己去驴身上剜……

这样的人类，还配活在世界上吗？他们当然要接受诅咒。

我们宁可相信，人类现在是处于一个极不成熟的文明里，还在沿着一个未知的方向继续进化。人类走向的道路也许是光明的，也许是一片黑暗。我们这样对待动物，怎么会没有灾难？各种各样的大灾难是怎么来的？我们以前也许太相信唯物主义给出的各种答案了。其实道理和因果十分明显：我们伤害了那么多动物，它们在诅咒我们。过去民间有一个说法，如果有一个人要报复另一个人，就不停地诅咒——可见诅咒是有力量的、管用的。于是就产生了一个专门的行当：诅咒。届时把仇人的名字写给诅咒者，那人就在暗处诅咒起来，直到那个仇人遭到厄运。

我们人类每天被听不见的、各种各样的大自然中的生命所诅咒，怎么会没有大灾难？我们人类实际上在不断地受到动物的群体诅咒。

所以，如果我们人类能够善待动物，一定会有更好的命运。

当然，这个说法是很朴素的道理，远不是什么宗教教义的要求。这是来自生活的最基本的觉悟和体验。人类的许多不可摆脱的痛苦，就来自他们的矛盾重重和罪孽深重。比如我们是那么喜欢羊，看到一只羊就喜欢得停下来看它、抚摸它。它的眼睛比人漂亮，没有一只羊是丑陋的。我们有时候骂人，会说对方是一头蠢驴，可是到乡下仔细看一下驴，也会发现没有一头驴不是漂亮的。它的眼睛漂亮极了，眼睫毛很长，神色非常地单纯和善良。可是就在这样爱惜它们的同时，却仍然没法遏制自己的贪欲，要吃羊肉和驴肉。这种巨大的矛盾、不可摆脱的罪孽感，生生地把我们的精神撕裂了，使我们终生不能解脱。

我们相信这样一种怜悯和痛苦，每一个人都会多多少少地存在。这就使我们想到，我们的人类社会是一个极其残缺的、不完善的、相当低级的文明。我们的生存有问题。所以当我们表述对动物情感的时候，很多时候并非是从文学的角度来谈，而是带着对生命的深深的歉疚、热爱、怀念等等情愫跟它们对话。

生存的伦理坐标

我们探讨小说和动物的关系，更多的不是从文学层面、更不是从写作技法来说的，而是重新思索人类在自然界里生存的伦理坐标。我们和动物是一种什么关系？我们要给自己的生存找到更合理的依据。这些东西是要一直想下去的。同时我们还会发现，所有杰出的作家，不管写到动物多少，几乎无一例外的是，他们的笔底都要流露出非常真挚的、质朴的情感。这种情感是没法掩藏的。我们可以看一下屠格涅夫的《猎人笔记》，看他笔下的那些狗；也可以看托尔斯泰文中的那些马。包括中国当代作家，那些杰出者写到植物和动物，都满怀情感。中国古人说"看山则情满青山"，就是说出了对自然万物的那种情感，这是没法掩藏的，这种爱的流露是极其淳朴和真挚的。

观察我们当代文学的发展，会发现一个有趣的现象：作

美生灵

65

品中的"大自然"越来越少，对于自然风物的描述部分，在整
个篇章中占的比重越来越少。甚至还出现过一些令人费解的
问题：某一位作家小说写得非常好，故事很好，人物塑造也很
好，可是后来人们说这部小说有几百字的"抄袭"。抄袭什么？
原来不是人物对话也不是情节之类，而据说是来自一位非常
有名的十九世纪作家的景物描写。这就让人觉得划不来。有人
说就算抄也要抄大的，比如故事框架什么的；抄的是景物描
写，山、树、河流，是这样一些描述文字，大概划不来吧。

　　看来对作家来说，这些大自然的描述部分的确是最困难
的。他可以满怀感情地生动地表述人和人的关系，却没有能
力把一片山脉写好，把它写得丰盈、优美和生动。凭他个人的
人生经验和文学经验，他能准确地捕捉到大师的魂脉——大
师有一种伟大的能力，能够把那些看似没有生命的泥土、河
流、山脉和树木写得那样细腻传神，动人心魄。这里具有一种
不可挣脱的魅力，把读者给粘住。这位当代作家还保有这种
审美的敏感，能从大师的作品里一眼看中哪一块才是最有魅
力的：就是这样的文字使他坐卧不宁、心中徘徊，以至于不把
它抄下来就会难受。只有这样的一种状态，他才会有勇气把那
段文字移植到自己的作品里。

　　这是因爱而生的"勇气"，作为一个作家，他当然知道这
样做意味着什么。这要冒何等的风险。没有办法，那种巨大的
美的力量把他征服了，让他忘记了一切，竟然不顾荣辱得失。

看来我们后来的小说家越来越少地写到大自然，实在是因为丧失了一种能力。他们越来越多地生活在人密楼高之地，这里缺少动物、缺少自然魅力，无从感受另一个大世界，越来越没有能力也没有机会去感知那一切，是这样的一种人造环境。这对于文学是一个大伤害，对于个人的文学生涯是一个大缺憾。可是最深的伤害和缺憾还远不止于此，而是更致命的什么。

我们刚才说了，不能从文学的坐标和尺度去看待人和大自然的关系，而应该从人和万物的依存、从人性的发展诸方面，在这个世界里重新确立自己的伦理坐标，去考察这样的一种生活状态，领会这样的生存到底意味着什么。

用之不竭的激情

人和动物的关系，与人和人的关系有点相似。包括一开始说的那条雌狗的神情和心态，它和我们人大致一样。我在林子里观察各种动物，和它们相处，觉得动物和人的情感模型是一样的。比如说有时候我们人感到很痛苦的事情，动物也会痛苦。而且它表达痛苦的方式、甚至是面部表情都和我们差不多。如果让我们举例子，也会举出很多。

汪曾祺在一篇很有趣的散文里写道：他在基层劳动锻炼的时候，有一次就近观察过一匹拉车的马。那匹马不听话，赶车人就拿鞭子吓唬它——可他刚刚举起鞭子就放下了，指着马对汪曾祺说："看，它笑了！笑了！"

一个长期和动物有着亲密接触的人，才能看出马的笑。

马真的会笑。猪也会笑。猫狗也是一样。这是千真万确的。有人觉得小鸟也会笑。这都是可以感到以至于看到的——就因为它们脸上有均匀的毛发，肌肉变化不是那么明确，所以不容易观察到而已。我们常常是用人习惯了的标准看它们是不是在笑。实际上它们在表达自己的欢乐和愤怒时，主要也是在脸上。

既然动物和人的情感模型是一样的，也就可以想象，我们用好好对待人的方式与它们去相处，也大致是不会错的。除非是它们的生活习性与人发生了严重的冲突，不然用对人的好去对待它们，它们肯定是高兴的。比如说人将自己愿意吃的东西给它，如果它的食性不允许，那当然是不会接受的，但却会知道人的好意。一般来说，我们像对待人那样对待动物，结果是不会错的。而且动物极易与人接触。它们大概把人当成了另一种动物。我的经验中，动物都愿意跟人接触，只是一时摸不准我们的底细，不知道我们这种动物是不是会伤害它。这就像我们在山里遇到一个很陌生的动物也要害怕一样，这个害怕并不意味着我们要伤害这个动物——只是因为我们不了解它，本能地要躲开它而已。

动物有集体记忆，这记忆会一代一代往下传递。上世纪

八十年代我到欧洲，第一次发现鸽子可以和人亲密到这种程度，可以飞到肩膀上；第一次发现野鸭子可以游得很近，差不多伸手就可以碰到；天鹅可以离得很近，一招手就游过来；松鼠也可以到人的手上取食物……香港略差一点，但是在九龙仔公园，仍然能看到很大的一种鸟，它们不怕人，离人很近都不逃开。这种情况在内地的很多地方根本不可思议。为什么？因为它们一代一代生存下来，无数的经验使它们知道，接近人类是最危险的。它们的集体记忆告诉它们：人是最危险的动物，这种动物是高的，有长长的两条腿，黑眼睛黑头发——遇到这种东西要尽快躲开。

它们也会描述，有自己的语言。它有领地意识、同伴意识。在前边说过的胶东海边的那片林子里，有五六棵茂盛的桑树——刚开始人们只是观赏，没有考虑桑葚对人怎么好，尝了几颗觉得挺酸，就不再吃。每年桑葚都结得非常密实，花喜鹊最爱吃桑葚，这五六棵桑树一到结实的季节就招来很多，它们一边在那里吃，一边叽叽喳喳愉快交谈。后来有人得知桑葚有助眠和乌发之类的益处，就商量着去采一些来。两三个人拿着篮子去采桑葚，结果马上惹恼了花喜鹊——多年来它们一直认为这几棵树是属于自己的，每到了成熟的时候就在这儿欢宴和庆祝，想不到人突然出现了，它们也就愤怒了。那么多的花喜鹊一齐向采桑葚的人俯冲，大呼小叫，一会儿又喊来了一百多只。它们就像飞机轰炸一样，轮番冲下来，揪人的头发，

美生灵

69

还往人身上吐口水……最后几个人都说："算了算了，人家不让，咱们走吧。"

动物跟人类的情感状态差不多，它们的喜怒哀乐跟人类也大致相似。它们也像我们一样好奇、多趣，甚至有幽默感。

动物的好奇心一点儿也不比我们人少。有的动物的好奇心经过分析和考察，似乎比我们人类还要大得多。比如说猫，就是所有动物中最好奇的一类。如果在门厅里放一只空空的塑料袋，主人不在时，它一定会细细地扒拉一遍，弄清楚里面有什么。新放进屋里一个篮子、甚至是一棵草，它也一定要把它们弄明白才肯离去。

再比如说人的感动力和激情——写作，创造，都需要激情，没有激情当然不行。情绪调动不起来，连演讲都没法进行。劳动总得有个气氛。但是我们会发现，动物的激情有时比人还要大得多。以狗为例——所有养狗的人都有个感受，狗比我们人要热情和忠诚。主人如果一个月不见自己的狗，回家时会被狗的热情弄得不知所措！它对人的那种亲热无法表述，那一刻的感动和欢喜是毫无虚假的。它对人的好没有什么功利感。主人离开一个月是这样，离开一年呢？离开两个小时——比如刚刚从街上回来，它还是以巨大的热情迎扑过来。它一点都不自私，不吝啬感情。它就是爱你、想你，要和你亲近、要表达它满腔的欢喜和感激。

作家海明威注意到了这个现象，说："我有好多生活中的

奥秘解不开，其中之一就是狗为什么会有这么大的激情？为什么它有用之不竭的感情？"他说自己对这个一辈子都搞不明白。其实我们大家谁又能搞得明白？

【赏读札记】

这篇演讲稿从古今中外写动物的小说谈起，对"写动物"的传统的日渐衰微，表达了失落之情。动物的聪明可爱，它们与人类的密切交往和交流，正被现代人所漠视和忽略。"手足情"消失，"残忍心"日增，人类与动物之间的感情呈颓败趋势，令人不安。今天的小说家，对于大自然和动植物，缺少了解也缺乏感情，因此也无法进行这方面的描写。这种与自然日益疏离和隔膜的人生，和由此而来的不接底气的写作，都是有缺憾和应该警惕的。演讲中讲述了许多生动有趣的动物故事，深深地唤醒了我们对动物世界的好奇和眷恋，让人痛切地意识到似乎丢失了什么很重要的东西，怅惘之情油然而生。

生命的力量

每一个生命都秉承着造物的意志，因此从本质上来说都是庄严而神圣的。人如此，动植物也是，只不过我们常常漠视它们。生命自孕育的那一刻，便吸天地之精华，开始了顽强生存的生命之旅。为了活下去，为了完成自己，为了繁衍后代，所有的生命都义无反顾地投入了抗争和坚持。大千世界，万有万物，就这样谱写和演奏着辉煌的交响，并通过一代又一代的坚韧的传承，演绎着无尽的生死轮回。

灌木的故事

    芦青河滩上原来生有一片茂盛的大树林子。妈妈在里面迷过路，我也在里面迷过路。后来不知为什么砍掉了，现出一片旷荡的大沙滩，当然再也没有人在那儿迷路了。各种草蔓儿慢慢长起来，沙土下埋着的各样树根也发出芽来，成了一片奇怪的荒滩了。

    有人正在上面放羊，羊长得很肥。很快，生产大队搞起了一个羊群。羊群真大，从栏里赶出来，就像水库抽开闸门一样，那"水流儿"呼啦啦涌开，漫掉了好大一片荒滩。

    有一个面色黝黑的老汉手举着一杆鞭子，整天在河滩上吆吆喝喝。他的吆喝声十分奇怪，像唱一首奇怪的歌。据说他是从远远的南山背着一个箩筐逃到这儿来的，一个人在这河边村子里住了几十年。他是个孤老汉，我们都管他叫黑老京子。他的歌常常吸引我们一帮孩子久久地站在那儿，看他怎样挥动鞭子，"啪"地抡出一个钝钝的声音。

    黑老京子看到了我们，站在远处，把鞭子搭上肩膀，然后

生命的力量

迎着我们大叫："嚯啊——拉哈哈哈……"

他叫着、笑着。这会儿我们仿佛都害怕起来，不知谁领头跑的，大家"轰"的一声散去了……

后来，听说羊群增大了，黑老京子一个人赶不了，身边又多了一个半大小伙子。再后来，听说那半大小伙子嘴巴挺馋，竟然自己藏到一丛树棵里，偷偷烧吃了一只老羊！

一切大概都是真的，因为大河滩上确实只剩下黑老京子一个人了。那一个肯定是被罚走的。

这一年正赶上我初中毕业，没有升上高中。我要像村里人一样，在田里做一辈子活儿了。村里的人们都穿着破旧的衣服（奇怪的是这些衣服就从来没有新过），黑乎乎的脚杆从过短的裤筒里露出来，踏着那些永远也踏不完的田埂。他们就是这样过生活的。我当时没有感到这样的生活有什么不好，刚下田时还蛮高兴。到后来，当我充分领略了大镢头和铁钉耙的分量，尝过两手水泡全被划破后那股火辣辣的滋味时，我竟十分羡慕起黑老京子了。我想这个外地搬来的老头儿真有好运气啊，他就能做上那样的活路！

也就在我这样想的时候，村干部派我去跟黑老京子放羊了！哎哟哟，黑老京子，我跟你一样地交上好运气了……我很兴奋地自制了一杆苘鞭，到荒滩上追那片白云似的羊群去了。

河滩上如今已经生着一丛丛的灌木了。它们都是遗留在地里的树根生出来的，蓬蓬勃勃，和杂草野藤一起遮满了沙

滩。鸟儿真多，整天在灌木丛里吵闹着。野兔儿常常从脚下的草窝里窜出来，眨眼之间消失在一片绿色之中。在树丛下，碰巧还能寻到几个紫色的蘑菇。这就是今天的河滩，它又是一片绿色了，它使我想起记忆中的那片深密的树林……羊群缓缓地流去，安然地低下头来啃草。黑老京子奇怪地甩响鞭子，大声地吆喝，那还是像唱歌似的吆喝。

黑老京子在我心目中一直是个有点可怕的形象。他的脸又瘦又长，黑黑的，油亮亮，笑的时候皱纹拉开了，闪出一道道弯曲的白痕。牙齿也是白的，这可能因为他不抽烟。有好多颗牙脱落了，他一张嘴，就显露出一个个小黑洞来。特别是那身带有异地风味的打扮，让人看了很不舒服：长长的衣服，当腰再扎一条布带；裤子又短又瘦，下边还总要挽起来。他的鞋子本来是普通的黄帆布胶底鞋，可他为了结实，又用黑布在四周粘了厚厚的一层，那粘料，仿佛是沥青之类的东西……我不觉得滑稽，只觉得他身上有什么神秘的意味，使我害怕。

"你来放让（羊），先得学会使变（鞭）……"黑老京子操着他的异地口音对我说。

我没有作声，只是响亮地甩了一鞭。

黑老京子也没有作声，更加响亮地甩了两鞭。最后他大笑起来，笑完选中一片无草的粗白沙子，仰身躺了下来。他把裤腿儿揪一揪，露出瘦干干的腿让热乎乎的沙子烙。

"躺下吧，躺下吧！"他对我喊。

我只是坐在了他的身边，听着他嘴里发出满意的"呼啊、嗬啊"的声音：他被烙得舒服了。他哼了一会儿，却伸出手来将我一下子扳倒，让我和他一块儿躺在这片白沙子上……他把脸侧着贴到沙土上，说："瞅空儿瞥一眼羊。"

　　我像他那样看起来：远远近近的青草像一张绿毯一样铺开，上面一座座小山似的灌木；羊腿踏着这张毯子，无数的羊腿，很悠闲地踏过去……闭上眼睛的时候，就听见啃草的声音，"择、择择！"羊们是在编织、还是在拆散这张绿毯啊？还有风的声音，芦青河的流动声，鸟雀的叫声……

　　"放羊这个活计，不是个活计……"黑老京子用心地烙了一会儿腿，开始对我说起话来……

　　这天我和黑老京子熟起来了，至少我不觉得他像过去那样可怕了。我问他前一段时候合伙放羊的那半大小伙子，他愤愤地骂起来，说："老龙嘛？这个孬种！他来放羊哩，活活烧吃了一头羊。这个孬种！要是我生了这么个孩子，我把他扔进河里！……"

　　他直骂"孬种"。

　　海滩上的野菊花长出了苞子，快到中秋了。我已经和黑老京子放了几个月的羊。这是怎样的几个月啊，这段时间使我完全忘记了黑老京子是一个令人惧怕的外地老头了，倒乐于听他那奇怪的吆喝声了。他的吆喝像歌唱，他有时也真的歌唱——我敢说从来没有听过这样奇怪的歌声——辨不清歌词，你只能听出一种节奏、一种情绪。他就随羊群往前漫散散地走着，将那杆黑溜溜的鞭子搭在肩头上，一边啊啊呀呀地唱着。我知道他在唱一首异地的歌儿，这是一种高昂、粗犷的调子。每逢晚霞将他细长的身影投到地上、他的歌声飘荡在茫茫河滩上时，我的心弦就像被什么东西猛地拨动了一下似的。

我在闲谈中知道了他的身世。他父亲是个老长工，父亲死后，他就接替父亲给这家地主看场院。每到了夏秋，小麦和豆子摊到场上时，都要由他拖起一个老大老大的桶子砘，碾成麦粒和豆粒。他肩上有一层厚厚的老肉，真的还有一层老肉。……再后来，再后来因为他常到山后的一片灌木丛里，地主要用粗粗的车刹绳勒死他。他是逃命跑出来的……

到那丛灌木里边干什么呢？

黑老京子一脸皱纹抖动着，并不回答。他接上又唱起来，目光久久地望着远处的山影。啊，他轻轻地唱，那歌声就是从几个脱落牙齿的空隙里发出来的。只听得出一种节奏、一种情绪，这朦胧隐去了一个不为人知晓的故事……

有一天我带到河滩上一把月琴，没事了就坐下来弹拨。黑老京子惊讶地瞅着我的手指，兴奋地用鞭杆捣着沙土说："有这份手艺么？哎呀你有这份手艺……"

这是一把十分陈旧的月琴，却能发出悦耳的声音。我很小时就从外祖父手里接过它来，做过很多关于它的绮丽的梦。我梦见自己怀抱着它，坐在了又厚又重的紫色丝绒大幕后边，轻

轻地、有些羞涩地拨响了它。我希望它能帮助我改变眼下的生活。……黑老京子并不反对我坐在树丛下边弹琴。每逢我们将羊拢到一片新草地上,我就弹了起来。他总是将黑鞭杆拄在地上,用心地听着。有时他听着听着昂起头来,久久地望着南边的山影;望一会儿,他就会忘情地唱起来。那还是他反反复复唱过的、奇特的歌儿。谁也无法分辨他唱了些什么。他把鞭杆儿搭上肩膀了,一步一步朝前走去,让西风撩起那个过长的衣襟……

我们的羊群膘肥体壮,怪惹人爱的。在我们这块地方,土地也算得上肥沃了,可是这几年就是长不好庄稼了。村子里的人们穿得也越来越寒酸了,他们在秋风里抄起手来,微微弓着腰、夹着农具走出村来,走到窄窄的田埂上去劳动。他们常常拐一个弯子到河滩边上,抽着烟,议论一会儿这羊、这草、这灌木……黑老京子老远地跟他们打着招呼,甩着鞭子,兴奋极了。村里人亲热地喊他"老京子",大声喊叫着跟他说话。黑老京子显得比任何时候都高兴,人们上工去了,他还站在那儿笑着。他像个孩子。一次他目送着离去的人们,转脸对我说:

"哪里有这么大一群羊?这可不是吹出来的!当年,我看着这片沙滩荒起来,就跑去跟领导说:'养羊!'……"

原来当初是听取了他的建议。我有些钦佩地望着他。

黑老京子用鞭杆往前划了一下说:"这片树丛子是宝啊,没有它们,大风就把沙子卷起来了,白茫茫一片,你哪里放羊去! 树丛子在白沙地上是宝啊!……"

黑老京子说着在地上坐下来,一下下地捶打着腿。他望着远处的村子,望着村子上方那层雾霭,沉重地点着头,又摇着头。他那张黑色的脸庞像铁一样。我跟他说话,他没有听见。停了会儿他告诉我:"你知道么? 一连几年,村子里分红都靠这群羊。吃盐、买油点灯,都靠这群羊了。这个庄子眼看完了,靠一群羊……"

我没有吱声,把手里的月琴推到一边去了。我在看我腿上这条裤子:皱巴巴的,仔细些瞅,还可以看出隐隐的小碎花儿。这是妈妈用早年的一条花裤子染了为我改做的,真不体面啊。还有月琴,每一次断弦,我的心就随之震响一次。我害怕伸手跟妈妈要钱买弦……我这时不知怎么想起那个烧吃老羊的老龙了,我真恨他。

"好好弹你的琴吧——你用这个手艺去找饭吃。你不用靠这群羊,你靠琴。"

黑老京子费力地睁大了眼睛,看了看走远的羊群说。

我抚摸着琴,感激地看他一眼。……

秋风渐渐变得凉了。灌木的叶子开始落了,落叶给秋草盖上薄薄的一层。黄的叶子,红的叶子,还有深秋里也不衰败的各色野花,大河滩倒是愈加美丽了。每天傍晚的时候,浓浓的白雾就会在芦青河道的苇蒲上飘荡。晚霞里,河水显得又宽又平,远远地跳起一条鱼儿,只溅起水花,听不见声音。夜色浓

了以后，才有数不清的响动一齐传过来，那是谁也说不清的、荒野里的声音……羊群更肥了，这因为地上大大小小的果子、草籽都熟了。

有一头很肥的羊不见了。在一丛杨树棵子里，我和黑老京子发现了它散落的毛、一片血迹……黑老京子久久地低头看着，突然，一拍膝盖说："浪（狼）！"

这儿从来没有狼。黑老京子说肯定是顺着河套子跑下来的。他嘴里发出"啊呼、啊呼"的叫声，连连说要把它除掉。

黑老京子开始动手做一杆枪了。从他整日严肃的脸色上，我知道了事情的严重性。我也很想帮他一下，可惜我什么也不会。他不知从哪儿搞来一些铁条铁管，每天里敲打、钻锉，直搞了好多天，然后连连说"行了"，就动手做枪托了。那枪托是一块老大的歪槐木做成的，粗笨不堪——一支土枪就这样做成了。

第一枪为着试验，向一块空地放响了！

整个荒滩都跟着鸣响，好不威武！河里的苇丛、满滩的灌木，"唰唰"飞出好多鸟儿，尖叫着扑向空中……我想这是一支好枪。

黑老京子从此不管白天黑夜，不管那枪有多么沉重，总背着那枪了。奇怪的是那只狼总也没见。黑老京子有些惋惜地拍打抚摸着枪杆，嘴里连连咕哝着："这只狼！这只不守信用的狼，我原以为它注定还要来的……"

"不守信用"几个字使我笑了好一阵子。

终于没有猎到那只狼。我们就用这杆枪打野鸡、野兔，放在火上烤着吃。黑老京子还有一身好水性，跳到芦青河里，一会儿就能摸上来几条身上生着斑点的花鲶鱼。秋水太凉了，他跳上岸来，总是急火火地奔跑一阵，伸长了脖子呐喊。他喊了些什么无法听清，只是，眼望着远处的灌木和天空呼喊。……他告诉我：这样喊是能够抵御寒冷的。我倒觉得有些好笑，我想"寒冷"总不会像个胆小的人一样被喝退吧。

夜晚，有时我们归去得很迟。我们要等到羊吃饱了肚子再回家。夜露降下来，我们都揪紧衣襟坐在沙土上。我常常依靠在黑老京子的身上，有时还将手伸到他宽大的衣襟下，去寻找那片舒服的温热。头上是一片眨动的星星，四周是黑魆魆的灌木。无边的夜色里，传过一片带有神秘意味的、"择择"的羊儿啃草声。我将头紧紧地靠在他的胳膊上。有时我不知不觉地睡着了，睡梦中在攀一棵高高的老槐树，用手狠命地扳住它那苍老而坚硬的皮……我醒来时，发现竟是将手搭在了黑老京子的肩上，碰着了肩头那厚厚的茧子肉。这使我想起了那沉重的桶子砘，仿佛看见它在厚厚的麦草、豆秸上缓缓地转动……我轻轻地呼唤一声："京子叔……"

黑老京子略有吃惊地"唔"了一声，然后伸出了那个瘦长的巴掌，小心地摸着我的脸。树丛上，正好有一滴水珠甩下来，打在了我的眼睛上。我的眼睛有点湿润。……

白天，我仍抓紧一切空闲时间弹那琴。

我的琴长进了吗？没人知晓。黑老京子总说好，总要随着琴声唱开来，唱他那首永远也没有终了的歌。我的眼前只是一丛丛绿色的灌木，它们在琴声里摇曳，发出"沙沙"的应和声。有时我甚至感到它们在向我叙说一个故事，叙说那些人间还不曾注意、不曾了解的故事……它们或许讲到的正是它们的先辈——那些乔木怎样被痛苦地砍伐，倒下时流着血液、渗进沙土，怎样化为这一片葱绿的灌木……

这一天，我和黑老京子赶着羊，一前一后地在大河滩上走着。突然前边的黑老京子愤怒地迎着一丛灌木呼喊起来，接着摘下肩上的枪……我赶紧跑了过去——原来是有个人藏在灌木中，要用树条拴一头羊，被黑老京子发现了。

黑老京子瘦长的身子抖动着，两眼睁得圆圆的，可怕极了。他大喝一声："我用枪打死你！……"

拴羊的正是老龙。我突然明白过来：这就是那只"不守信用的狼"了！……他有十八九岁，面皮黄黄的，上面还生了几块奇怪的青斑——也许他的外号就是由此而来的吧，我就从这斑纹上想到了一条龙……老龙吓得连叫"大叔"，一双手求饶地摆动着。黑老京子却并不收枪，只是愤愤地骂着。我也恨透了这个馋鬼，这时上前踢了他一脚。老龙很老实，只是摆着手。黑老京子骂了一会儿才收了枪，老龙从沙土上爬起来，一歪一歪地走去了。他走出十几步时，突然转过头来，向着黑老

生命的力量

京子扮了个鬼脸。黑老京子于是重新恼怒起来,摇摇晃晃追上去,"啪"的一鞭,将老龙打倒在地上。老龙呜呜咽咽地哭起来……

整个的一天,黑老京子都是忿忿的。他说:"他如果再有一次来祸害羊,我真用枪找死他。"黑老京子说这话时两眼放出一束恨恨的光,这使我相信他真的会那样做的。这并不过分——羊是黑老京子的性命啊!

傍晌午的时候,我们让羊群贴近河边的水汊子啃草。羊渴了,可以自动去喝河汊里的水。我和黑老京子这时就悠闲地踏在隆起的沙岗上(这道沙岗实际上代替了简易的河堤)。黑老京子把羊鞭和土枪一块儿搭在肩膀上;我则把琴装在一个布袋里,斜着捆在后背上。我们可以望到很远的地方。河水从远处静静地淌过来,无声无息地又淌去了。阳光变得很亮,映在镜面般的河水里,河水也耀眼了。沙岗脚下就是坦坦荡荡的大荒滩了,那密匝匝的灌木、青草沿着河岸延伸开去。我们的村子懒洋洋地睡在荒滩那边的田野里,此刻到了午饭时候,却没有升起几缕炊烟——近几年学来"先进经验",午饭就在田头吃干粮了……"唉唉,咱庄里的人苦喽……"黑老京子那双包在深皱里的眼珠儿动了动,叹息道。他转脸看看河水,又盯一盯脚下,摇摇头,又摇摇头:"我就不信一马平川好地方,人也勤快,没白没黑地做,咋就会这般穷!遭了邪了,遭了邪了。前几年老实的庄稼娃儿也敢喊'造反了'——他们不怕杀头么?

遭了邪了……"

我跟在黑老京子身后默默走着，听他东一句西一句地扯着："你年纪小记不得事情，记不得事情也好。那一年乡上来个干部住在村里，不让养鸡！村东光棍老二（他爸是地主！）多养了一只，又顶撞了干部，让民兵吊到了屋梁上。晚间吊的，你爱神（信）不神……那干部，听人说如今到县上做大官去了——看看，这年头重用狠心的人哩……"

黑老京子说到这儿取下鞭子抢了几下，那"啪噼啪噼"的响声震人耳朵。沙岗上的几缕乱草被鞭子抽飞了，沙子也溅起来。黑老京子伸长脖颈倾听了一会儿回音，然后更猛地抽打起来。他那瘦削的身子剧烈地扭动着，大口地喘息，疯狂般地抽打着脚下的沙岗。这苘鞭的声音这般沉重，钝钝的，我相信此刻很远很远的地方都会听得到……

这年的冬天来得早。雪，厚厚地盖在大河滩上。

阳光躲在云层里，雪不愿融化。后来开始慢慢地融化，荒滩上真冷啊。整个的冬天黑老京子都住在他河滩上的窝棚里，这窝棚是贴近了羊栏搭的。我们瞅着阳光充足的日子把羊赶出来，听一天它们饥饿的、百无聊赖的吟唱声。羊们消瘦了，我和黑老京子也消瘦了。我们就是这样捱着冬天。窝棚里常常聚起一帮子村里人，他们或者是从野地的沟渠上赶来暖和手脚，或者是来找东西吃的。人们在这个冬天好像普遍感到饥饿，总想方设法寻找东西吃。黑老京子常猎来野味，人们嗅见香味儿就跑来了。

夜晚，我和黑老京子点起一堆火来抵御寒气。河里结起了厚厚的冰，不知为什么又要碎裂，彻夜传来"楞列、楞列"的声音。我弹那琴，黑老京子唱他的歌，我们互不打扰。有一天他喝了些酒，唱着唱着就兴奋起来。他谈起芦青河的源头——那远处的大山，炫耀般地说："那地方是好山水咧！"

我问："怎么个好法呢？"

"水多，山也绿，到处灌木丛子……"

"还有呢？"

"就是到处灌木丛子……"

黑老京子用手摸着下巴："放牛、放羊，采蘑菇，打草，都在树棵子里。年轻人也在里面闹……"

我突然想起什么，就问："不是老东家为你跑树丛子，要用绳子勒死你……"

"唔唔……"黑老京子抛个木柴到火堆上，不作声了。

我重新弹起了琴。

黑老京子也轻轻哼了起来。他哼一会儿说："我哼的不好，那是她自己的歌……"

我像没有听见似的弹着琴。

"老东家有个姑娘，小我两岁——我就再没见过这么好的人儿……也真怪，她爸整天抽水烟，脸都抽黄了，还能生出

这样的好人儿——我进山，她也进山，老唱这歌。这歌唱了两年。那一天在树丛子里，她用手摸起了我的脸……都怨树丛子太稀了，被人瞅见了……"

我像没有听见，仍旧弹着琴。

……

　　在那个哟赶牛道旁

　　杂生来，一片蒺藜花

　　蒺藜花，黄达达

　　道边的野菊不如它

　　掐一朵，又一朵

　　花小叶密不嫌多……

我仍旧弹那琴。可是这一次我听见了。我觉得好像是他故意让我听清楚一样。这就是那首没有终了的歌啊！……灌木丛中还有过什么故事？我没再去问，只是用想象的链条去衔接起来。

　　……在那个哟赶牛道旁

　　杂生来，一片蒺藜花

　　……

黑老京子伸长脖子，用力地吟唱这首歌。他今晚唱得特别吃力。火苗儿映红了他的脸，映红了他那身带有异地风味的衣裳。这身衣服上那么多补丁，有的补丁竟用了红的、白的布……真寒酸啊！他瘦长的身子在寒风里微微颤抖，两眼直直地望向南山……我看着他，真想象不出像他这样一个人还有那样的故事。然而这一切都是真的啊！

在那儿，在那高高的山里，爱确实播种过，并且萌发了，长成了一棵高高的树；有人恶狠狠地将它砍倒了，它遗留的根须却没有死去，又化为一片葱绿的灌木……

我仍旧弹着那琴。……

这夜，我和黑老京子都难以睡去。我们谈了那么多。他向我袒露了秘密：他要等这片灌木在河滩上长旺、草长肥，养更大一群羊、一群牛！"那会儿，"黑老京子嘿嘿笑了，"庄里人许是能啃上白馍？……"他虽然在问，其实那语气中充满了肯定，甚至还有一丝傲慢……接下去又谈了一些村里的事。例如，那个老龙前些日子给上边写了一篇告状的文章，叫《俺庄里资本主义十八例》。县上有人看中了，如今把他结合进了支部呢！

谈到老龙，黑老京子又愤愤地骂起来："这年头，偷羊吃的也进支部！这年头重用狠心的人哩！……"

冬去春来，接上去又是一个秋天。这个秋天里我的琴真的长进了。黑老京子早就预言我要吃这碗饭的，机会果然也就来了。

县里原有个吕剧团，由于要演"样板戏"，就改成了京剧团。一个早晨改过来，专门人才成了问题，我就背上琴找他们

去了。他们同意收我做合同工，给了我一张合同纸。我兴冲冲地跑回村里找领导盖印章，谁知印章没有了。问了问，我差点气得哭出来。

印章拴在老龙的裤带上。

我十分丧气地回到了大河滩上。黑老京子摸着我的琴，一声不吭。他停了会儿仰天长叹一声："唉，村子真落到他手里了！……"

一天下午，老龙在几个背枪民兵的簇拥下来到了河滩上。几天不见，老龙令人难以置信地完全变了。他不像过去那样猥猥琐琐了，而是大背着手走起路来，身子一摇一摇的。头发全整得向上竖起，很亮，可能抹了豆油。他见了我和黑老京子，猛地站住，接着胸脯神气地往上耸了一下，样子实在有些滑稽。他问我："你，找我有事吗？"

我不想回答他，但一个声音却要固执地冲出喉咙。我嗫嚅着："我想，盖印……章！"

"哼哼……"老龙抽起一支粗粗的雪茄来，"盖印章，然而印章拴在我腰带上哩！……"

几个民兵笑起来。

老龙又向黑老京子严厉地喊了一声。黑老京子一直把背向着他，我想老人转身时一定会狠狠抽过去一鞭——谁知我完全错了——黑老京子听到喊声缓缓转过身来，然后冲着老龙微微一笑。

生命的力量

这笑深深地激怒了我。

老龙闭上一只眼睛说:"还不错,你还会冲我笑。然而我看你还想抽我一鞭子……"

"嘿嘿,嘿嘿,那是过去哩……"

"然而……"老龙闭上了另一只眼睛。他如今喜欢上"然而"了。

黑老京子往前上一步,笑着说:"龙啊,你就给他盖上印章吧……"

老龙就像没有听见,用大拇指朝民兵们摆了一下:"我们走!然而……"

他们走了。我用手捧住了头。黑老京子喊了我几声,我一动不动。我有些厌恶他了。

黑老京子极有耐性地蹲在了一边。停了会儿,他懒洋洋地躺到沙土上,烙起了那两条瘦腿。睡着了似的没有一点声音了。

这一整天,我没有和他说上一句话。我有气无力地吆喝着羊群,甩着手里的苘鞭,闲下来就弹这琴。我弹得缓慢沉着,一下一下轻轻地拨……当他从我面前走过时,我就垂下眼睑,瞅着面前这双脚:穿了黄帆布胶底鞋、鞋帮上粘着厚厚的黑布……

老龙以后就常常叼着雪茄来河滩上了。黑老京子仍旧微笑着。我和黑老京子几乎没有多少好谈的了,我真的有点厌恶

他了。黑老京子仿佛也不想说什么，一个人默默跟随在羊群后边。他常冒着凉凉的秋水捉鱼，一连几个钟头钻在河里，上岸来皮肤冻得发紫，挂带着苇茬割伤的口子。但我从没见他像过去那样坐下来烤鱼吃。他还开枪打过两只野鸡，后来也不见了。他像病了一般，整天无精打采的。我有好长时间没听他唱歌了。有一天我们来到一个沙岗上，他躺到一边望着天空，声音低低地说："你厌弃我咧！好小伙子——你是个好小伙子。不过你不知晓度日子的难处啊！就在这大河滩上甩一辈子苘鞭吗？你有琴哩，你该带上琴走，你还年轻……"

"老龙算个什么，冲他笑……"

黑老京子身子抖动起来。他闭上了眼睛。一滴泪珠颤颤地从眼里落下来。他把那杆黑溜溜的鞭子压到胸口上，上下磨擦着说："是我贱气呀。不过我看你心全在琴上了，琴是你的宝贝哩。我想求老龙，放你带上宝贝走……"黑老京子说着坐起来，用力地拄着鞭杆，身子使劲探过来说："老龙欺负我，我也会忍的。过生活啊，你得学会忍。可是谁也别想碰一点我的宝贝——人人都有一个宝贝的，老龙别想碰一丝我的宝贝！……"

黑老京子说到这儿瞪圆了一双眼睛。这眼睛突然变得锃亮，闪烁着果决而坚毅的光。

又是一个星期过去了。

县剧团又一次催"合同"，我知道事情要吹了。……夜间，我一次次惊醒过来。琴！我做过多少关于你的美好的梦啊，而今天，似乎一切永久只是一场梦了！泪水打湿了我的枕头，我恨死了老龙。我终于明白了：琴是我的希望、我的宝贝……

痛苦和焦虑像蛇一样啃咬着我。我完全失望了。可就在这时，一个民兵传我到老龙那儿，说要给我盖印章了！……一切都是真的。我惊讶而迷茫地收好盖了红色印章的合同纸，带着满心的喜悦和被捉弄之后的羞愧，急匆匆地赶到城里报到去了……

丢掉牧羊鞭，接上是一场场突击排练。当我搓揉着发木的手指放下琴，突然想到大河滩和黑老京子时，已是两个月之后了。

谁能想到会有这样的两个月啊！

我回到了大河滩上，发现到处是红旗，是人群……没有羊群了，没有黑老京子了，人群在砍伐着灌木……灌木，浓绿浓绿的灌木啊，被人流践踏着，埋到沙土里，拉土的马牛往上撒着尿……一个老人（他以前常到黑老京子的窝棚里吃烤兔肉）谈到黑老京子，连连叹气。

原来老龙去地区开了一个农业会议，头脑一热，回来就要"跟河滩要粮"……浩浩的人流涌到河滩上，黑老京子拼命拦住了他们。他说砍了灌木，满滩的沙子就要飞起来，他又跺脚又嚷。老龙上去打了他一个耳光，他骂了起来。老龙让民兵把黑老京子捆了起来，毁了他的土枪，没轻没重地揍了一顿。黑

老京子疯了一般，带着满身的伤痕，爬着、滚着去乡里找上级，告老龙！……

这一切都令我吃惊。黑老京子的执着和勇敢是我怎么也想不到的。我的眼睛湿润了……我绕开人群，沿着河边那道沙岗往南走去，终于又听到"咩咩"的声音，发现了岗角那稀稀落落的几只羊。黑老京子就蜷曲在岗顶的一个草丛里，他周围的苇秆让秋风吹出"沙沙"的声音……

我趴在黑老京子的身边哭了。黑老京子那件过长的上衣全被树枝什么的扯破了，露出了黝黑的皮肤。他木木地看着我，又把头转向了一边。他好像困了，闭上眼睛，他住了一会儿问道："你的琴又长进了么？"

我点点头。

"你该带上它回来……"

我又点点头。

黑老京子说话时一直将脸埋在胳膊弯里。他这时翻了一下身，望着远远的几只绵羊说："灌木丛子全完了……我的灌木丛子……养不成羊群牛群……都怨那些树棵子太稀了，老东家要用粗绳子勒死我……不，树棵子全没了，成一片黄沙了……快走开吧，起风了，沙子打人的脸……"

他的声音越来越小，最后变成喃喃自语了。无法弄明白他的意思，他的思绪像被一场梦幻牵引着一样。……

临离去时，我劝他想开些，把剩下的几只羊管好算了，好好搭一搭窝棚，冬天快要到了……他点点头，再没说话。回去的路上，我又看到了那些被刨倒的灌木，耳边立刻又鸣响起黑老京子的喃喃自语。我突然明白过来：他的"宝贝"就是这大河滩、大河滩上的灌木！……我的心头又飘过了那首歌，那首最先在灌木中唱出的歌……

我离开了黑老京子。从此弹琴时常常要听见荷鞭的声音，这当然只是幻觉。演出任务紧，回村的机会少了。后来我听说县里某领导同志反对滥砍滥伐，提倡多种经营，并且关照了一下黑老京子……我听到这消息高兴极了。但没有多久，又听说那位领导被打倒了，黑老京子被人告发是隐藏下来的"地主管家"，还想用私藏的武器（这当然指那杆土枪了）刺杀革命干部（就是老龙）……

冬天到了。芦青河两岸落了第一场雪。

我的合同到期了，要继续合同，必须再找老龙盖一次印章。一个早晨，太阳升得很高了，我找到老龙时，他还钻在被子里。他揉着眼睛接过我的合同纸，然后点上一支雪茄看起来。他问道："然而你的工作是很重大的，完成得好吗？"

我说："不好，合同就不会续下去的。"

"然而……"老龙翻动着合同纸，费力地转着脖颈（他如今奇迹般地胖起来了），他看了一会儿，厌厌地翻身从裤带上取下印章，攥紧了说："早不来晚不来，偏在我睡觉时来，唉……"说着将印章放在嘴上呵一口气，重重地在合同纸上按

了一下……我抓起合同纸就走，老龙却把我喊住了。

"还有什么事？"我问。

"嘿嘿！"老龙笑着，后悔似的盯着我手里的合同纸。笑了一会儿他说："这，'合同'然而每年都要盖一个印章的……嘿嘿，你走时送我那些鱼什么的，蛮好唻……"

"我送你鱼？！"我大大地吃了一惊。

"可不么。你让黑老京子拿来的。"

"这……"我愣住了。迷茫中，我突然想起那年秋天黑老京子一次次冒着秋凉去摸鱼，后来摸到的鱼又莫名其妙地不见了！我一下子全明白了——原来，老人见我性子刚，背着我为老龙捉鱼啊。他为了我的琴，一次次把高高瘦瘦的身体弯下来，进门来找可恶的老龙！我仿佛又望见了他那水淋淋的身子、被苇秸划破的血口……我一颗心怦怦地跳起来，大喊了一声："黑老京子呢？"

老龙重新往被窝里面钻一钻，说："在村里呗——后来又查了查，他还是长工——就放回来了。便宜了他，他想打死我……"

我不顾一切地跑出了这个肮脏的小屋。

黑老京子呢？他还在大河滩的窝棚里吗？我踩着厚厚的雪往河滩跑去。大河滩没有了一点绿色，狂风早已把沙子堆成了高高矮矮的丘陵；雪藏住了沙丘，看去像一个个大小不一的坟堆。是啊，这里埋葬的东西太多了，埋葬了灌木、青草，埋葬了无数鸟雀的欢歌……这里如今是真正的沉寂了。我这时甚至牵挂起往日奔跑在荒滩上的野兔、叫不停的山鸡，想着它们一下子都去哪里安身了呢？那里可有绿草、可有灌木？如今这里可是真正的荒凉了，真正的荒凉了……

一个没有绿色的世界，多么可怕啊！

有一个驼背老头从一个大沙丘后边转出来了。他用手捂着嘴巴，在不停地咳嗽。他的衣裳很单薄，身体在寒风中抖得很厉害。他走着，突然昂起头颅呼喊起来——啊啊，如果不是亲耳听到，谁会想到这巨大的声音是他发出来的？这声音传得很远很远，茫茫荒滩上，它执拗而顽强地越过一道道沙丘，飞远了——多熟悉的声音啊，黑老京子，你还在像过去那样，用呼喊抵御寒冷啊。

我凝住了似的站在那儿看着。我看到老人肩上还搭着一杆黑溜溜的荷鞭。我突然意识到忘了带一样东西，赶紧转身跑开了。

我取来了琴……

我们紧紧地抱在一起。我把那么多的泪洒在他宽大的衣襟上，可他眼睛里一丝眼泪也没有。我望着他：黝黑的脸变小了，皱纹变硬了。头发全部像雪。脖子还可以看到疤痕，可是筋肉却又韧又紧……他伸出乌黑的手指，抚摸了一下我唇上刚生出的茸毛。他说："我听听琴长进了没有。"

我将腿盘起来，像过去一样。我仍想象着眼前有一片葱

绿的、一望无际的灌木……我的琴长进了么? 不知道。今天回答我的, 还是那四周的灌木……

黑老京子默默地听着。他闭上了眼睛, 轻轻地点着头。

回答我的, 只有这四周的灌木……

黑老京子缓缓地在雪地上走去了。他抬起头来, 费力地遥望着什么。他微微张开了嘴巴。他又唱起了那首奇怪的歌。这歌由一张没有牙齿的嘴唱出来, 更加含混了。然而我每一个字都听得懂。

　　……

　　　　在那个哟赶牛道旁

　　　　杂生来, 一片蒺藜花……

这歌像过去一样地哀怨而热烈。可是却增添了过去所没有的昂扬与激愤。有一种更深沉厚重的东西埋在了其中, 深邃庄严……他唱着, 面向无边的荒沙, 坚定地、一步一步地走去。他还穿着那双难看的、结实的、奇怪的鞋子, 这双鞋子把沙滩落雪踏出深深的印子。没有比这双眼睛再让我吃惊的了: 它盯向雪野, 有一些悲哀, 但没有一丝畏惧, 倒是射出了一束顽强的、期待征服的光……

　　……

　　　　在那个哟赶牛道旁

　　　　杂生来, 一片蒺藜花……

我仍旧弹着这琴。我在想这首最初从灌木中唱出的歌、想那郁郁葱葱的灌木——我终于明白了黑老京子很早以前说过的话：每人都有一个宝贝似的。谁也别想碰它一丝——它似乎是一种信念、一种事业？黑老京子为它画了一条界线，在没触碰到这条"界线"时，他尽可以忍让、忍让，甚至忍辱负重；捍卫它时，他舍得流血，他舍得生命！

我用力弹了一下琴，收住了曲子。

……

最后我们回到了窝棚里。这个窝棚的确搭得很结实。黑老京子告诉我这是庄里人帮他搭的。我说："不放羊了，你何苦住这河滩上？"他点点头，冷笑了一声："哼哼，灌木丛还要长出来。你以为他们把根须刨净了吗？有根须，就要发芽，长一河滩！我死不了，我等着它长一河滩啊……"

我沉默了。

我接着轻轻地弹起了琴。黑老京子站起来，弓着腰钻出窝棚，甩响了他的荷鞭。

这一夜，我也睡在窝棚里了，睡得很香甜。醒来时，发现夜里又下了一场大雪。大河滩盖在更厚的一层雪下边了。

　　偷羊贼老龙当上了村官，一向鄙视他的黑老京子居然也冲他哈腰微笑了，这让少年的"我"很有些瞧不起。后来"我"才忽然明白，黑老京子是为了帮"我"成功地离开荒滩进县京剧团，才暂时放弃尊严去巴结老龙的。黑老京子坚守的是内心的"宝贝"，这宝贝就是他的羊群，就是大河滩，就是大河滩上的灌木。对于无谓的事情，他可以一再忍让，可是一旦谁触碰到他的"界线"，伤害了他的"宝贝"，他就会毅然决然地反抗、搏斗，甚至与之拼命。

　　作品通过对黑老京子形象的刻画，传递了一种隐忍低调而又顽强不屈的精神。海边大片的乔木被砍伐干净了，荒滩上便长出了一丛丛灌木。后来灌木也被砍掉了，河滩变成了沙丘。然而灌木是低贱的生命，也是顽强的生命，"有根须，就会发芽，长一河滩"。经历过苦难、肩上长有厚厚茧子肉的黑老京子，就像荒滩上的灌木一样，只要不死，就会以健旺的姿态歌唱生命。他坚信自己没被打败，也坚信邪恶不会总占上风。这种永不屈服的人生信念，会给我们深刻的启示和强劲的激励。

生命的力量

漫　漫

置身于旷野和闹市，在河流一般涌动的人群中，人常常被什么所吸引。它会像闪电一样在眼前一亮：它是一幅图画，一丛艳丽，一种动物，一个人，一个男性或女性，一对目光，一个情节，一次交汇……你与之擦肩而过，但一旦被吸引，也就历久难忘。你心中对这一切生出感慨、焦灼不安或巨大遗憾——就是这些在你心里重重叠叠，像泥土一样沉淀，形成心灵的沃野，最后再生发出诗意的青苗。

我们常常想到，作为一个个体是多么单薄渺小，它在万千生灵万千事物面前，只是大漠一粒，是草原一瓣。无论你在枯萎，在消灭，在茂长，或者是在分解，在吹散，对于整个大千世界都微不足道。

与此同时，漫漫时光中其他的一切，那难以胜数和探知的一切，都在依照自己的秩序生长、死灭、焕发。你的感知和发现将是没有穷尽的，直到你最后丧失了这种能力。

从空中往下俯视，可以发现那些不知名的村庄、聚居地，

还有一处处的山脉、丛林，许多许多不为人知的什么，陌生地出现在广瀚的大地上。它们各自构成一个独立世界，这个世界每天都上演着自己的悲喜剧，产生出一些狂欢和忧郁。

每个人都是一个世界，这世界就在这永不屈服的沟通和连接的努力下，彼此封闭，默默生灭。它们是无声的喧哗、山呼海啸般的沉默、转瞬即逝的永恒和残缺组成的完美。你在哪里？你为什么痛苦、欢乐和忙碌？哪里是你的来路？哪里又是你的终点？你又为何在这漫漫人流之中？为何掩泪叹息？

一株美丽的萱草花开在溪流之畔，和它在一起的都因为各种原因枯萎了，它就在这个隐蔽的角落，在这个人迹罕至的角落，愤怒地开放。只是一个非常偶然的机会，一个人走到了它的旁边，对它旁若无人的骄傲感到阵阵惊讶。他们彼此陌生，没有语言可以沟通，只是无声地注视、留恋，然后分别。他似乎感到了萱草花那警觉的目光里包含着挑战、嘲弄和无可奈何。他想起有一次在海边丛林里奔走，整整多半天的时间里没有喝一口水，口渴难忍，太阳好像越来越亮，蒸腾着全身的水汽。他看到丛林草地上到处都蒸发着薄薄的气体，所有的四蹄动物都因为焦灼而嗷嗷嗥叫；鸟雀烦躁地飞动，发出沙哑的声音；野鸡在另一边呼唤，也是找水的声音。孤单的丛林里只有他一个人。他正急匆匆地赶路，突然，他发现了灼亮的一角。他的心中立刻一惊。他一直走去，脚步充满好奇，小心翼翼又急急匆匆。原来是这样！他发现在一丛丛丑陋的刺槐灌木之间，那么突兀地生长着一株夜合欢——它开得那么灿烂，真是生机盎然，墨绿的叶片翠嫩欲滴。它的另一边就是耸起的一座白沙岭，上面差不多没有一株植物。原来那陡陡的沙坡不断有流沙披挂下来，压根不可能有什么植物生根。这金红色的合欢花，干净的白沙，互相映衬，显得美极了。他好像在这海边丛林里第一次验证到了美的本源。他蹑手蹑脚走近。他是一个唯美主义者，此刻正被这一棵夜合欢所带来的奇异所征服。他压抑着心底的惊喜，围着它徘徊再三。后来，就在那沙岭的旁边，他发现了一潭碧水。这又是一个奇迹：清得不见一丝污浊，水底白沙粒粒可辨，少许水草长得茂盛。他怀着感激之情，俯身痛饮一口，清冽、甘甜。他当永远牢记：荒原甘泉。

事过很久了，他还常常回想那一幕：那花、那泉，那奇怪而美好的遭逢。

时光漫漫，人的一生也许只能偶然地经历一两次奇迹，久久难忘；更多的是对一种苍茫辽远的恐惧。有人能够把那偶然的相遇、美好的存在，自觉地与漫漫时空联系在一起。他把它们一概称之为"漫漫"。

在这个大都市的角落，在这幽静丛林中的柏油路边，你推着自行车匆匆而过——是什么吸引了你，让你侧过身用力地、稍稍不安地看着？你看见了什么？你在看马路的对面、那棵大树、那个戴着墨镜的邋邋遢遢的男人？

你很快就穿过马路，驶向另一边——消失在漫漫人流之中了。

你从哪里来？你到哪里去？你为什么要戴一个那么宽的粉红色塑料发卡，发髻又扎那么高？多么可笑多么神气，多么自由多么洒脱。可是你好像也十分无知和莽撞，你会是一个只知道大声喧嚷的可爱的孩子，也许生活的浪花会在不经意的时候把你卷到很远……多么顽皮，有时你就像被搔到了笑穴似的，忘记一切地哈哈大笑。时光就在这笑声中慢慢流逝。

像人生中那些突然遭遇的令人难忘的奇迹一样，你的名字也叫"漫漫"。

【赏读札记】

与善解人意者相遇，常常令人心怀感激；有时候与好的文章相遇，也是这种感觉。细细品读此文，不禁感动莫名。作家描述的那种说不出道不明的东西，那种怦然心动，那种遗憾、怅惘、焦灼，我们心里也曾有过，但常常就那么流走了，未留一点痕迹。这便是"漫漫"：漫漫时空，漫漫人海，漫漫流逝……好思而又多情的作家，将一颗心刻画得玲珑剔透，深深地唤起了我们的共鸣。这种情怀和能力，生活中难以遇见，唯有阅读可以弥补。

生命的力量

荻　火

　　一片荻草像火焰一样向四周蔓延，汹涌着扑向四方。它带着大自然所赋予的那种不可遏制的激情，燎动和飞溅，仿佛可闻猎猎之声。火焰在空气中抖动，灼人的热浪扑面而来，火势在风中越卷越大，射向无边的荒原。

　　大自然总要以一些奇特的方式，以各种各样的方式，来表达和再现长久时光中所蕴蓄的巨大激情。它可以是峰如涛涌的山脉，是怒吼的北风，是烈风中狂舞的雪花，是暴雨，是雷霆电闪，是狂泻的瀑布，是大海日夜不息的喧声。它的激情可以化为愤怒，化为癫狂，也可以化为眷眷柔情。

　　像眼前燎动的这片荻火，多么好地再现了大自然那种不可遏止的感动、猛烈和狂放。夕阳下看去，它真像火焰，每一次拂动都像火苗的一次伸长。有时它又让人想起苍茫大地上奔腾着的人群和马匹，甚至是秋天里倾泻而下的秋洪，那不可阻挡的潮流。它们呈放射状向外奔突，呈一大股一大束，沿着不同的方向；它们显示了一种趋势和力量，让人想到历史的十

字路口，想到发生转折的一瞬，想到决定了千年历史的一个关节……

夕阳下的荻火，烈焰所舐之中，隐约可闻金戈铁马、铿锵之声：呼啸，踏踏马蹄，刀戟相撞。大自然究竟有着怎样的激情，这激情又为何如此地阔大、辽远、执拗和急促？

荻火有时也在微风里荡漾，在暖阳下摇动。那时候它们柔顺极了。这又呈示了大自然的另一种性格：绵软可亲的抚摸的力量。它让人想到了微笑、和煦动人的话语、一个安慰和一次休憩。

几乎每株荻草都在抒发着自己的情感，都在传递着对时光的抗议，表达着无边无际又是真实可感的那颗爱心。它们爱阳光、爱风，爱使其回返青春的三月、催生花束的夏天，甚至爱使它们进入冬眠的寒冬。大自然是这样地美好，时间的节律是这样地均衡，一切的变故是这样地自然；风、雨、烈日烤炙的时刻和阴晦不明的雾天，寒冷、热烈、收获、孕育，一切都自然而然地发生了，让其经受和忍受，让其欢歌。也就是这些，组成了一个曲折遥远、色彩斑斓的明天。它们在为这时光的变迁、为漫长的岁月而祈祷、等待、忍让，表现了植物世界里的谅解和达观。

只有在漫漫无边的雨雾天里，在那种超常的阴暗和湿冷的气候中，它们才忍不住地流下泪滴。那无边的啜饮之声啊，那没有一丝风的大雾的昏暗啊，啜饮之声是那么揪人心肺。渐淅沥沥，滴滴答答。隐在荻棵里的鸟雀、各种生灵，都一声不吭。它们都被这哭泣所打动了。这是大地女儿发出的泣哭，它们泣哭是因为这黑暗给它们造成的不可挽救的死亡，还有它们身旁其他生命的百般折磨。它们既不能袖手旁观，又无力挽回什么。生者为不幸者、哀伤者所痛苦。

无边的荻草不停地泣哭。它们为记忆中那一个个惨烈的场面而恸哭，为在同一片土地上所发生的那一场场悲惨而号啕。就是在这儿，几千年前，还有几百年前，有过一场可怕的厮杀。血迹顺着土壤渗入地表，它们的颜色，它们的因子，在那里凝聚、沉淀，再也不会消失。可它们又无法再现和再生，于是就把自己的一腔热情、愤怒、哀怨，还有对明天的指望，如数寄托给荻草，顺着它们的茎秆、枝叶，缓缓地上升，钻出地表。这片荻草啊，带着另一种生灵的魂魄，悄悄地扩展，无论在月光下、在冬天和春天，都伸长着根脉。它们长啊长啊，当年的血流到洇到哪里，它们就长到哪里；后来它们遮去了整个河边，整片荒原。无论是烧荒的野火还是开垦的犁耙，都不能把它们剿灭。

在这灰沉沉的阴雨污浊的天气里，它们不停地泣哭。它们为记忆，为历史，为它们的前身和后世，为那一场连一场的摧折、遭遇和无以表达的暴怒而泣哭。后来浓雾终于消散了，太阳出来了，阳光的热力越来越猛烈，它们重又燃烧起来——南风吹起，火借风势呼呼啦啦，在荒原上奔涌卷动。

这是从何而来的激情啊，这是土地给予的激情，是生命，是循环往复的生命，是历史，是自然，是时间，是不灭的记忆。

土地是有记忆的，自然和时光也是有记忆的。它们总是以各种方式来恢复自己的记忆，再现那辽阔奔腾、不可阻止的滔滔之势……

【赏读札记】

此作极具感染力，可视为一章散文诗，从中可见灼热的激情和逼人的才华。儿时看惯的一种寻常植物，在诗人的凝望中，呈现出惊世骇俗的美，引发了他放纵的联想和飞扬的诗思。荒野中大片铺展的荻草，被直接称为"荻火"，并认为它们以浩大的景象表达了大自然的巨大激情，展现了历史不灭的记忆。古人说得好："登山则情满于山，观海则意溢于海"。全身心投入的观察和内视，让诗人有了饱满的诗思和恣意的挥洒。

酷　烈

这些失去了表皮和绿叶的枝干，让人想起举向苍天的手臂。

头顶是卷动的乌云，是骤然照亮的炽电。它们失去了绿色的生命、失去了血脉，只有光裸的骨干还在挺立。仿佛它们正在呼号，正在做一次淋漓尽致的表达，一切就猛然终止……

夕阳下，它们的魂魄像火焰，不停地燎动；云彩烧红了，接着又烧大地。大地是一片橘色海洋。它们身上刻满了岁月的印痕，挣扎的苦痛，写下了无数历险……

在很长一段时间里，这两棵柏树一直是繁茂生长，无比茁壮。它们感谢阳光雨露，让它们成为这片原野上最蓊郁的一片。在粗壮的躯体上，曾经奔跑和蹿跳过猞猁、豹子，甚至躺卧过巨蟒和雄狮；这些凶猛和硕大的动物衬托了它的威严。荒原上的其他生灵都以为它是不朽的、永生的；而就在它的脚下，却不断有一些更小的植物和动物相继死去。这些羸弱的生命无法抵挡突如其来的变故，轻易就被自然界的戕害折损或毙命——它历数记忆中一次又一次的危难，发出阵阵叹息。

一个雨夜，隆隆雷声震得大地抖动。突然，一道电火击中了它。它的躯体一瞬间就被撕裂了一道口子，好几根粗壮的枝桠咔嚓嚓折断，叶片扑扑掉地。这猝不及防的雷电使它全身抖动，深根都被摇撼了。它看到自己披挂了一身雨水和碎叶的躯体是多么雄伟，又是多么恐惧。雷电远逝，它还在颤抖；接连不断的狂风把它折断了一半的枝桠扭动、旋转，终于使其彻底脱离躯体。

那是个多么残忍的夜晚，飓风如吼，直嚎了一个夜晚一个黎明。早晨，第一束霞光照着四周的枯枝败叶，一地狼藉。真是惨不忍睹。

这是一次劫后余生，它走进了自己的厄运。

它躯体上的那道裂缝始终没能愈合。春天，起风了，风沙刮到了伤口里。夏天，烈日烘烤，雨水浸泡，它眼看着创伤在腐烂溃疡，痛楚使它夜夜难眠，呻吟不止。这声音在风中传得很远，连它自己都不能抑制。难道它想通过风传给遥远之地，传给冥冥中的什么吗？天地之间还有谁会疼恋自己，伸出那只无所不能的手抚平这创口……它用幻想抵御伤疼。它没有泪水，除非是在阴雨天里——那时它才忍无可忍，剧痛使其涕泪滂沱。

更难以忍受的是夏天。由于伤痛，它再也不能像过去那样从地下吸取那么多的活泉了。干渴难耐。火烈的太阳在头顶烤晒，无论发出怎样的呼号，它都不理不睬。它离这儿太远了，它俯视大地：它的怜悯应无处不在，恩泽无处不在；可它只是沉默，对痛苦和欢乐一视同仁。这就是太阳啊。它现在已经看不到太阳的微笑，也看不到它泣哭，更没有听到它问候的声音。

只有那些幼小的动物偶尔用躯体来磨蹭它，表达着自己的依恋和爱护。它们有时把它看成了这片荒原上的祖父，苍老、沉着，历尽沧桑。真的，这片荒原上的一切都在它的注视下衰老、成长、再生和轮回；它认识周围的一切，记得它们的来路，也知道它们的去路。狮子、豹子与羚羊、麋鹿之间，那一场又一场流血，它都耳闻目睹。它还看到旁边的一棵小叶青杨怎样被成群的毛虫啃食，一夜发出痛苦的声音；可是它的手臂离得太远，没有能力去解救；小叶青杨一头乌亮亮的黑发在一夜之间失去了，变成了一个秃子；再后来这棵小树就郁郁寡欢地度过了自己的青年时代，进入了老境。失去它的时候，老柏树一声不吭地注视，只用目光为它送行。类似的树木，洋槐、柳树、小叶秋、桤柳，一个又一个生命，差不多都是以相同的方式离开的。

它对这一切已经习惯了，记忆里装满了沉甸甸的沙子。

它自己的那一天是缓缓来临的。它眼看着滚烫的太阳烤干了自己一片又一片肌肤，它们由深褐色变成了棕色，后来又变成了黑色，开始像鳞屑那样一片片脱落。风雨加速了这种进程——简直像用无形的手撕去它的肌肤，剥出雪白的骨骼；这散发着热量和水汽的躯干啊，就这样白惨惨地裸露在

原野上。

四周的晚辈睁大了一双双恐惧的眼睛，看着它们的祖父在晚风里颤抖，在太阳下呻吟，直到再发不出一点声音。

一缕水汽蒸腾到高空，汇入乌云。

它失去了知觉。最后的时刻，只有一个梦境像雄鹰一样在头顶盘旋：它梦见自己重新长出了枝杈，展放了叶片；它甚至又向头顶的空阔延伸了好几米——那儿是一片欢声。风来了，它无数的手掌在拍动，拍得生疼，拍得像水流和波涛一样，哗哗鸣响……

就在这渴求永生和力量的梦境中，它凝固了自己的生命。

【赏读札记】

老柏树不幸被雷电击中，从此"走进了自己的厄运"。跟随诗人的叙说，我们对这位荒原"祖父"的生命做了回顾，然后目送它在痛苦体验中走向死亡。但诗人并没有让我们止于悲哀，而是又以激情之笔描绘了老柏树临死前的梦境，表达了它再生的憧憬和渴望。文章哀而不伤，让我们深受感染的，是生命意志的顽强不屈，和宇宙力量的生生不息。

生命的力量

老斑鸠

"李子树开花了，李子花有多么白呀！桃子树开花了，桃子花有多么红啊……"

母亲坐在带扶手的椅子上，眼睛望着窗外，一边轻轻地摇动着我的身子，一边像唱歌似的说。她已经告诉我多少遍了。她说：去找外祖母吧，她把你外祖父遗下的一个诊所卖了，去乡下买了一处大果园——像片大花园似的！

"外祖母……大果园……"我夜里睡下了，嘴里却还在喃喃地吐着梦呓。我望见了那绿绒绒的草地上，果树间飞着五颜六色的蝴蝶。蝴蝶，这么多，环绕在一个老婆婆身边。老人的脸随着一只翩翩舞动的黄斑蝶转着，渐渐转了过来：啊，她那又白又浓的头发啊，那双闪亮的眼睛啊！……有人在另一边搬动着什么，发出了"咣当当"的响声，这立刻将那群愉快的蝴蝶惊散了。我定神一看，原来是母亲，披着衣服站在床下，正打开了一个红漆箱子。那响声是她打开箱子时发出的。她这时擎着蜡烛，弯腰看着箱里一卷卷闪亮的绸缎和衣料。我知

道这是后父送给母亲的。可母亲,你为什么偏要改嫁呢?那个不认识的后父为什么偏不要我和你一块去呢?我们又为什么不一起去外祖母的大果园呢——"李子树开花了,李子花有多么白呀……"两颗泪珠滚在了我的脸颊上。母亲一歪头看到了我,抛了蜡烛,紧紧地伏在我的身上。她替我揩了泪花,久久亲吻着我的脸颊。

李子花像雪花那么白。我和外祖母的小泥屋旁边有一棵大李子树,粗粗的枝干都探到屋顶上。外祖母有个多么好的大果园啊:三棵苹果树、四棵桃子树(只可惜黄沙淤到它们半腰了),再就是屋旁的大李子树了……南风儿轻轻地吹着,吹来了蝴蝶和蜜蜂,吹得树下的沙土暖烘烘的。我躺在沙土上,仰脸看这蝴蝶和蜜蜂怎样在李子花里兜圈。

外祖母总是一个人在一边忙着,她没有功夫看蝴蝶和蜜蜂。

她长得比母亲高多了,只是比母亲更瘦削,她差不多完全是我梦中的形象,只不过那浓浓的头发并没有全白。她这时弯腰立在一个树枝枯掉一半的苹果树前,仔仔细细用刷子蘸着小桶里的白药水,一丝丝地刷在树上。小铁桶是用罐头盒改成的,里面盛着她昨夜里新熬成的药水儿。她刷呀刷呀,等那湿漉漉的树枝被南风吹干的时候,就变成李子花一样的白色了。多么有趣啊!我跑到外祖母身边,非亲手试一下不可——外祖母却把小药桶倒过来,原来桶已经空了。她告诉我:新药水要到夜里才熬得好呢。

"现在就熬不行吗?"我不明白为什么非要等到晚上不可,而且只是熬两小桶。

外祖母告诉:"现在没有'渣子'……"

她说完坐到一棵树下,修补几天来一直修补着的两个大笭筐了,没有告诉我什么叫"渣子"。那是两个破了半边的泥筐。她用新鲜柳条在筐缘上拧着,设法让一根柳条变成一小段新筐缘儿……外祖母什么都会做,做活时一声不响。

李子花开过不久,接上去的是桃花和苹果花。苹果花先是在绿芽芽叶里扭成一个小红拳头,然后才慢悠悠懒丝丝地伸开——它的小手掌却是煞白的;桃花有多么红啊,就像被胭脂染过了一样,只可惜四棵桃树都被黄沙埋住了半截……我问外祖母:"花儿埋在下面还能开吗?"

外祖母默默地看着露出地面的一丛丛桃枝,摇摇头走开了。……

春天多好啊!大果园多好啊!我有时攀上果树,有时又顺着软软的沙坡滚下来……我想母亲没来大果园,一定会后悔的。我不知怎么常常想起母亲来,想起她那唱歌似的声音:"李子树开花了,李子花有多么白呀!桃子树开花了,桃子花有多么红啊……"

一个傍晚,我正在园里玩着的时候,见到了两个高个子男人用笭筐抬着一些什么从园中走过,还有一个扎蝴蝶结的小

姑娘蹦蹦跳跳地跟在他们后面。只见他们走到离园子不远的水渠边，把东西倾倒在斜坡上就走了。小姑娘依然跟着他们，蹦蹦跳跳地离去了……我怀着好奇心跑到那个渠边一看：原来是些蓝的、白的、黄的小石块块！我想这大概是他们家盖房子扔掉的什么吧……那以后我常常看到他们，并且都是在黄昏的时候。

有一天傍晚我正蹲在树下玩，突然听到一个脆生生的声音喊：

"哎！"

我猛地站起来，见一个穿得花花绿绿的小姑娘站在我面前，笑眯眯地看着我。她扎着一对蝴蝶结……我脱口说："我认识你……"

小姑娘笑着，露出一口小白牙。她一会儿跟我就熟了，告诉我她叫"小圆"，住在另一个大果园里，那果园是她爸爸的……这天我们玩了好长时间。

第二天我们在一起的时候，她提议到爸爸的果园去，于是我们走进了另一片果树林子里。这林子真大！里面有山楂树、苹果树、海棠树，还有的树谁也认不得……好多人在干活，一些人在扳动着喷气机，另一些人就举起带小皮管儿的竹竿，竹竿尽头都在喷着水雾。那水雾在阳光里闪出红的、绿的、黄的……各色各样的光！我看呆了。所有被喷过水雾的树一会儿都变成了粉白色——这立刻又使我想到了外祖母刷过的树；

另一边，几口大锅冒着白汽，发出难闻的药味，有人不断把一些药渣泼到箩筐里，这正是我在渠边看到的各色小石块——原来是药渣！……一个穿着细布棉衣，带着小黑丝绒帽，腰间扎了根黄草绳的人走过来，小圆跟他叫"爸爸"。他望了望我，嘻着脸说："哪里来的呀？"

他笑得有些可怕。我看看小圆，回答："东边'大果园'的……"

"哈哈，哈哈哈……"他笑了，笑得那么难听。笑完后歪歪脖子对身边几个正在干活的人说了几句什么。

我听不明白，可我知道不是好话。他又看了我一眼说："还'大果园'呢……"周围的人笑了，都停了手里的活打量起我来。

我扭头就走。小圆喊我，我像没有听见。

回到小泥屋，外祖母已在院里支起锅子熬刷树的药水了，一手添着柴，一手用木勺在锅里搅动着。她见我红着眼睛跑进来，吃惊地站了起来。我一下伏在了她身上。

外祖母脸上的深皱抖着，一句话也没有说，又用木勺一下下地搅动着药水。

水在锅里滚动着，发出了"噜噜"的响声。

我很快在锅里发现了泛起的蓝的、白的、黄的小石块块！我说：

"这'渣子'是小圆家倒掉的吗？"

"他们家倒掉的……"外祖母头也不抬，两眼盯着滚开的药水，用木勺一下下地搅动着。

我多么想让外祖母倒掉这些药渣，可我终于没有说出来。因为我知道我们穷得买不起药料……这个晚上，我像过去一样地依偎着外祖母躺在炕上，问了她好多的话。她告诉我：小圆的爸最爱看别人泣哭……我说：

"我没哭。"

外祖母点点头。停了会儿她说："你外祖父也是个有钱人，可他就是个好人……那年镇上过好队伍，也过坏队伍，他给好队伍治病，坏队伍恨他，就把他杀了，还烧了他半个诊所……"

"妈妈说你用诊所买了'大果园'，是半个诊所吗？"

"半个也不到，那时你妈妈还要做嫁妆呢……"

提起妈妈，我就再也不吱声了。我想起了她，两颗泪珠落下来。我紧紧地靠在外祖母身上，问：

"妈妈不能来'大果园'吗？"

"大概不能来了。"

"我在这儿她也不来吗？"

"大概也不来了！"

我愤愤地问："为什么？"

"因为……"外祖母叹口气，"因为你的后父是富有的人，你妈妈贪恋钱财……"

我恨死后父这个鬼东西了！……我伤心地流着泪，最后哭出了声音。外祖母在黑暗里替我抹着泪水，把我紧紧地贴在她的胸口上，慢声慢语地说着些什么：

"……跟外祖母住大果园吧！大果园多好呀，开了花，然后结些果子，果子多甜……树下边栽小香瓜，喷喷香的小香瓜……果子长到鸡蛋那么大，就到了赶庙会的时候了。庙会上真热闹！放鞭炮、唱大戏，赶庙会的人都穿新衣裳……"

我不哭了。

外祖母接下去讲了个故事："……从前哪，有一只孤独的老斑鸠，它用九十九天的功夫，从远处一根根衔来柴草做了个窝。到了第一百天上，大风给它拆散了。它又用了四十九天的功夫重新做好。到了第五十天上，一群过路的老鸦把窝上的柴草全抢走了。老斑鸠追上啄它们，咬它们，败下阵来，又带着一身的血重新到远远的地方去衔柴草，从头做起，再花上九十九天……"

我被这故事吸引住了，泪水早已停止了流动，只一声不吭地听着。

……我不知听到哪里才睡去了。梦里有一只带着血奔向远方的老斑鸠。我变成了一只小斑鸠，紧紧跟在老斑鸠的身后……

大果园里开始生出密茸茸的小草了，蝴蝶飞得更欢，连巧嘴巧舌的小鸟也你追我赶地飞来了……我和外祖母在每一棵

树下都埋了小香瓜的种子，又浇了水。我几乎一刻也不愿离开外祖母，看她在园里松土、刮腐烂的树皮、刷药水，有时还求她讲一个故事。她的故事又多又有趣，一边讲一边用手里修树的刀剪比画着。果树患病越来越多，她要不间断地给树木刷药水。那些药渣就倒在水沟里，外祖母总是及时地去收集起来……

……一个傍晚她去背药渣，回来的时候满身衣服都湿透了，沾着稀泥，一只手还滴着血。我知道她捡药渣时跌到深水里了，那手是被水下的碎玻璃割破的！我吓得哭出了声音，她却笑着告诉我："水底下的泥鳅可大了，等我给你抓一个……"

外祖母的两个箩筐全修好的时候，就开始搬那些埋住桃树的沙土了。她一有空闲就担起来，哪天晚上月亮好，她会担上多半夜。可我觉得这么多沙土永远也担不完的。外祖母却告诉我：能搬完的，以前她搬过，只不过又被大风给刮回来了——这次在园边栽了挡沙的灌木丛，今年长起来，就再也不怕风了！她担呀担呀，一棵很高的大桃树终于从泥土里全露出来了。外祖母扳着树枝这儿看看，那儿瞅瞅，轻轻擦拭着被沙土埋嫩了的树皮儿……接着是更快地担土，汗水浸透衣服，双手裂了血口……深夜里她常常发出"哎哟哎哟"的声音，让我用手使劲捶她的后背和腰。一天夜里我问："还痛吗？"她紧紧搂着我，没有说话。一片月光落在她的脸上，使我看到了那闪亮的眼睛。她好像在想什么事情。停了一会儿她望着窗外说:"园子刚买到手的时候,哪像个园子啊! 三棵苹果有两棵快死了,树桩枯了一半! 当年只收了二十斤果子,换不来半斤玉米面……可我要一点一点地做,老想它会旺盛起来……"我说:"能够挖出四棵大桃子树来,我们的果园就更大了!"外祖母点点头。

第二天,我求外祖母给我编了一个盛沙土的小箩筐……

我们一起搬着沙土。可第二棵挖出一半的时候,一天夜里起风了。我和外祖母清晨担着箩筐出来时,都不由得怔住了,黄沙把挖出来的桃树重新埋去了一截,我们起早贪黑,差不多全白干了! 我不知道是害怕还是失望,连大气也不敢出,只是呆呆地看着。我望望外祖母,只见她一动不动地站在那儿,头上灰白的头发被风吹乱了,一双眼睛微微眯着,像在望很遥远的什么……我想她该是多么难过啊,有谁来可怜可怜她吧! 我看到一些沙末飞落到她的皱纹里去,她擦都不擦。她的手抚摸着我的头发:"孩子,我搬了一次又一次,如今是第三次搬走这些沙土了,老天总想跟我作对似的……可我老了,就快担不动了……"我望望外祖母:她真的老了! 身子那么瘦,背也驼了,头发白了一多半,后脖子上是又深又密的皱纹,被太阳晒得又黑又亮。她穿的那件满是补丁的黑背心,连纽扣也不是一样颜色,不是一样大小:有的是红琉璃的,有的是黑胶木的,有的是灰瓷的,还缺了半边儿……我第一次觉得外祖母怪可怜的。

外祖母低头看着我，用手梳理我的头发。

这个晚上，我们重新开始了担土。

外祖母像过去一样：一下下装满箩筐，轻轻挂上担杖钩儿，最后弯下身子……

这些日子里小圆常常来玩，还领来好多的伙伴儿。他们都是附近庄上的，跟外祖母早就熟悉。每逢他们来的时候，外祖母在歇息时就显得特别快活。

等到三棵苹果树结出小苹果、大李子树挂满了小李子、我们的箩筐磨去了大半边的时候，四棵桃子树全从沙土里解放出来了！外祖母在桃子树下轻快地走着，摸摸这棵，动动那棵，领我在树隙里走着。我们的果园变得有多大啊，桃子树原来有这么高的身个呢，可恨沙土一次一次把它埋在地下，它受了多少委屈啊！我们坐在了修得直直的树盘土埂上。我问外祖母：

"今年大风沙再也不会来了吧？"

"大约不会来了。"

"如果它们来了呢？"

"最好还是不要来。"

外祖母说再来她真的担不动了，她的腰快给压断了，早年腰上落了残疾，晚上常常针扎一样疼；不过她说快到春后了，这里一般起不来大风的，等到明年春天，新栽的挡沙灌木丛也长得茂盛了……

生命的力量

　　是的，灌木丛长起来就不怕风沙了！可是现在灌木丛还没有长好呢，我那么怕大风沙。夜里，我听到风声常常惊恐地坐起来，总被外祖母用手扳倒，搂在她的怀里。她给我讲着故事。可是有一天晚上，什么故事也不能使我入睡了，因为那风声分明是越来越大、越来越猛，连外祖母也起来穿了衣服。我们一起走出门去——天哪，一阵大风迎面吹来，差点把我们卷倒，沙粒直往脸上扑来……外祖母把腰使劲弓着，扯紧我的手，把我藏在她的身后，直向着园子西北边走去——我们真怕那四棵桃树再给埋住啊！

　　桃树没有被埋住，但是黄沙正在不断地随风刮过来……大风撕裂喉咙喊着，那呜呜的响声多么吓人哪，它就这样响了一夜，到了白天还不愿停歇——整整三天三夜！

　　风停了，天晴了，大果园又像过去一样安静了。外祖母还像迎着风沙一样把腰使劲弓着，还是扯紧了我的手，把我藏到她身后，踏着脚下软软的沙土，踉踉跄跄地奔过去……那四棵高高的桃子树呢？在哪里？在哪里？啊——在这里，在黄沙里，下半截在黄沙里啦。如今像原先一样，它们又只剩下一丛露出地皮的桃枝了！

　　外祖母收住了脚步，一动不动地站在那儿，然后默默地盘腿坐在了沙土上。像过去一样，她一双眼睛微微眯着，像在望着很遥远的什么……她的头发好像比以前更白了，背更驼了，脸上的皱纹也更多了，皱纹的深处飞进了更多的沙末。我有

些忍不住，但我终于没有哭出来——我知道有时候眼泪是不能流的……但我这时可以轻轻地抚摸着外祖母那又大又硬的手，看着那上面一个个黑红色的小血口。望着它，我不知道怎么又想到了母亲，想到了那个夜晚，想到了她一手擎着蜡烛，看满箱闪亮绸缎的情景……我有些恨她：外祖母这么老了，您怎么不来帮她，她的大果园快被黄沙给埋住了！……外祖母这时转脸看看我，眼珠像僵住一样地一动不动了。停了一会儿，她像似特意告诉我什么似的说了一句："……从前哪，有一只孤独的老斑鸠……"

我马上想起了那个故事，就看着外祖母那发亮的眼睛说："用九十九天的功夫……做了个窝。"

"做了个窝。可是第一百天上又给拆散了，它又用了四十九天。"外祖母抽出那只满是血口的大手，抚摸着我的头发，那么小心，那么轻。

我说："可是后来，老鸦抢光了窝上的柴草。老斑鸠追上啄它们，咬它们……"

"对。啄它们，咬它们，败下阵来，又带着一身血飞去了……它还要从头做起，再花上九十九天……"外祖母一个字一个字地说着。最后，她要站起来，可是两腿坐久了，刚一动就重重地跌倒了。我叫了一声去搀扶她，她却严厉地看我一眼，阻止了我。她的手深深地插在泥土里，使劲往下按着，慢慢地、一丝丝地站起来，站直了身子。她扯紧我的手，向小泥屋走去……

生命的力量

【赏读札记】

外祖母是一个饱经磨难的人，多年前丈夫被"坏队伍"的人杀害，她将被烧剩下的半个诊所卖掉，给女儿置办了嫁妆，又用剩下的钱在乡下买下仅有七八棵果树的"大果园"。她那唯一的女儿贪恋富贵，改嫁后把与前夫生的男孩撇给了她……在这样一个背景下，小说讲述了这位老人与外孙相依为命的故事。故事中，外祖母给外孙讲过的"老斑鸠"的故事，成了外祖母自己的象征。

小说塑造了外祖母直面困厄，与命运顽强抗争的形象。作品结尾，本以为这个春天风沙不会再来，可是一夜大风再次让老人的努力前功尽弃。面对如此惨重的打击，老人坐在沙土上，又一次念叨起了"老斑鸠"的故事，但最后，"她的手深深地插在泥土里，使劲往下按着，慢慢地、一丝一丝地站起来，站直了身子"。老人以坚忍的挣扎回应了折磨她的命运，她像筑巢的老斑鸠一样不屈不挠，宣告自己是永远也打不败的。

生命的力量

　　谁能想得到，一片坚实的水泥地板，有一天夜里忽然发出了咔嚓咔嚓的响声。它本来是由石子和水泥铸成的，几乎是不朽的，像钢板那么硬；它甚至发出一种钢蓝色——水洗之后，这种光色常常让人将其误为金属。

　　可是我们今夜听见了它咔嚓咔嚓的声音。

　　后来，几天之后，你发现它有了一道裂纹，细细的。你略有不安。因为这裂纹一点点加大，不是一道，而是好几道。你感到好奇，蹲下来观察。

　　又是几天过去。你发现在几道破碎的裂纹交汇点上，露出了针尖大的嫩芽。你差不多是惊呼一声，跳了起来。后来你又蹲在那儿更仔细地观察，伸手去抠裂缝，试图解放那一点绿色。完全做不到，水泥板坚硬得很。

　　你想：完了，它注定会被扼杀。这时候你甚至怀疑那裂缝不是由它造成的。但是后来你又很快知道自己错了——因为裂纹仍在扩大，那针尖大的绿芽挣扎着伸出头来，已经绽放出两个叶片。

你发现这是很熟悉的两片叶子，是什么，暂时还想不起来。

出于对它的怜悯，你又一次用手指甲、用一根铁条去撬，去解放这个稚弱的生命。

仍然像上次一样，地板如同钢板，它不过是有几道裂缝而已。

一个星期之后，再一次看这片水泥板时，你大声惊叫了：原来裂缝之间的板块碎掉了，那儿长出整整一大捧绿色的叶子和枝丫，它们硬是顶破了坚障；这会儿，它们正蓬蓬生长，叶片上满是阳光。你看到有几块水泥板碎成了巴掌大小，已经完全松动了。这时候你认出：它是一蓬枣棵。在它的枝茎上，叶芽上，长出了小小的尖刺。

它旁边的水泥板又在破裂，又有新的绿芽钻出。你拿起被顶破的一块水泥板端量着，发现它的断茬足有两公分厚！天哪，这真是一些柔嫩的稚芽弄成的吗？这是什么样的力量，这简直是一个神话……如果不是亲眼所见，你无论如何都不会相信。

你想给它留一个照片，因为这是一个奇迹；而所有的奇迹都应该被记录。所以你就那样做了。

这一次生命遇到的是坚硬的地板；而生命还会遇到各种各样的、几乎是不可逾越的险阻，比如干旱、烈火、刀子的砍伐和镢头的挖掘：各种戕伐都有可能发生。我们看到春天萌

发的那片绿芽——有时这只是粗暴的挖掘之后，留在土里的零星根须所萌发的；久旱不雨的荒漠上，却那么顽强地生长着草和灌木，还有星星点点的花朵……这就是生的顽强，生的欲望。死亡是黑暗，是永远没有尽头的黑夜；就为了那一线光明，它在倾尽最后的力量挣脱，向着光明探出身躯，哪怕只看一眼，只看到一角天色，也不枉费一生。

关于求生的故事不知有多少，那真是言说不尽。没有生命的电光，黑夜就会笼罩。生命迸发出电火，照亮午夜的苍穹。星光太遥远了，它在太空闪烁，晖芒还不足以光彻人间。比如说我们无法在星光下读书，我们仍旧需要灯火。灯火就是燃烧，是高高举起的光明。

石板覆在沃土之上，禁锢孕育万千生命、有着无限生机的大地。大地是力量的源泉，大地可以产生无尽的奇迹。再坚硬的石板，比起大地，也仅仅是微不足道的泡沫。大地上有一层肮脏的蛛网，它等待一只手将其拂开、擦掉。

一个生命终于来到活着的空间，有声的空间。听啊，这么多的嘈杂、喧闹、叫嚣，各种各样的声音都汇集一起。多么雄壮的音乐，多少曼妙的歌唱。这一切都是在黑暗里难以寻觅的。

这束枣棵不记得埋在黑暗中多少年，它总是被巨大到难以想象的沉重所压迫，不能伸展四肢；它的脊椎就要折断，它咬紧牙关才挺住。又过了许多许多年，煎熬使它夜夜泣哭，走入绝

生命的力量

望。为了驱赶这绝望，它只得用五彩缤纷的梦境，想象那一天到来的幸福。它就用这不灭的希望鼓舞自己挺起脊背，攥紧拳头。它开始击打，不停地击打。一开始，回应它的只是沉默。它等待每一年里最有力的季节，那个季节的名字叫"春天"。

在春天，它才觉得身上充满了过去所没有的勇气和力量。它听到的都是自己攥紧拳头时骨节发出的啪啪声。在极为安静的时刻，它听到了遥远而迫近的呼唤。那是生的呼唤，是光明在呼唤。

许多年前，母亲离开时把它遗在深土里。那时它只是短短一截根须，为了生，它就用力地抓牢沃土，吸吮着。就这样，它活下来，鼓着勇气默数时间，寻找能够挺身而起的一天。

……最后听到了破裂声，它简直不能相信。看到了从缝隙里射进来的第一缕阳光，不知因为眩目还是因为感激，泪水哗哗流下。太阳升起来了，阳光越来越亮——这时谁都看到枣棵满身满脸都披挂着泪水。

这么多的泪水，这在过去从未有过。泪水把四周的地板打湿了。这是幸福的感激的泪水。

就这样它第一次看到了太阳。它不认识它，只在传说中听过它的名字。很久很久以前，母亲曾指着大地告诉它：这才是万物的生母——而这个时刻它仰脸看着太阳，只想叫一声"母亲"。它不知道这样称呼对不对，只是泪眼汪汪看着。

它在心里默念：太阳啊，是你给了我勇敢，给了我一切。

【赏读札记】

　　一个柔嫩的叶芽，居然顶碎坚硬如铁的水泥地板，"蓬蓬成长"为一蓬枣棵。这难以置信的生命奇迹让诗人惊叹不已，因此他试着潜入枣棵的生命，代它说出了所有想说的话。"生的顽强，生的欲望"由此被刻画得真切无比而又力透纸背，文章也由散文过渡到散文诗，又从散文诗过渡到童话，极具感人的力量，也浸透了浪漫的诗意。正如枣棵创造的奇迹打动了诗人，此作能够深深地打动读者。

块　根

这是神灵们的施舍

贮藏在肥沃的土壤里

在黑暗的角落悄然不语

积蓄着自己的热力和糖质

像光洁的额头一样的东西

像挖出生姜似的喜悦

多汁的淀粉孩子

荒野里偷情的孩子

泥土中有如此情结

茧花叠生的大手——触碰

冲腾而出的是蓬蓬绿色

是大火滋滋乱叫的长吻

遍布山冈的激情一路下去

涌向天际通向海洋

谁知道啊谁来证明

一切都源于无声无迹的潜藏

即便是冰雪铺地的酷烈季节

哪怕是死寂斑斑的肃杀天空

也有深埋地底的热烈情怀

【赏读札记】

　　泥土中埋藏的块根，比如地瓜、土豆，都是"多汁的淀粉孩子"。因其先天的"潜藏"和隐蔽性，诗人觉得它们好像都是"偷情"的结果，颇有些幽默。让诗人更为激动的是这些植物露在地上的部分，那"冲腾而出"的"蓬蓬绿色"，让他想到大火，因而情思飞扬。"遍布山冈的激情一路下去/涌向天际通向海洋"，正是这铺向远方的大面积的绿，成就了诗人心中最富生气的瑰美的画卷，也引发了他关于生命的哲思。

美城之链

在人们固有的认识里，城市似乎总比乡村更文明更高级。人类亲手建造了城市，享受着文明所带来的便利和优越，随后就自以为是，为所欲为。无休止的发展，不知餍足的攫取，最终严重地戕害了自然，毁掉了许多原生态的美，制造了许多不利于生存的东西。谁不爱自己的城市？谁不爱自己的家园？可是为什么人们又常常把事情弄得越来越糟糕？人类将何去何从，是每个人都需要关心的大事。

东部：美城之链

　　胶东是山东半岛最东部的凸出，可谓半岛上的半岛，犹如伸进大海中的犄角。三面环海，一派葱茏，空气湿润，物质丰饶。这里在古代属于东夷，即东莱国，是最早的炼铁和丝绸工业基地，占据渔盐之利。战国时齐国海内称雄，主要就是因为将东莱纳入了版图。

　　地域之富庶发达，必有自然优势和漫长的传统积累。所以说今天的胶东环渤海城市链的美丽和富饶，只是一种历史的延续，是具有因果缘由的时代翻新。《史记》记载的秦始皇几次东巡，都是直驱胶莱河东，过黄县、福山，再过烟台，最后站在了威海成山头大发慨叹，以为这里才是"天尽头"。

　　胶东一带概括和形容地域和环境之美之富，历来有一个说法，即"蓬黄掖"如何如何——就是指今天的蓬莱龙口莱州三市。三市连带盛产黄金的招远以及水果之都栖霞，与烟台威海缀为一道美丽的沿海城市长链。由于临海而居，水气充沛，所以这里与干燥的内地风貌形成了鲜明对比。环境又决定了民俗与性格，这里的人喜爱幻想，既有面对大海的豪气，又具备水的柔性。秦代大方士徐福（市）受命为秦始皇寻方三仙山，曾率领一个庞大的船队出海，航路直抵朝鲜南部及日本外岛，在时间上远比哥伦布发现新大陆早了一千七百多年。徐福的启航地一般被划定在胶东境内，专家认为他的老家就是"蓬黄掖"。这一历史大传奇表现了东部沿海居民的开拓勇气，与后来山东移民东北的壮举一脉相承——赴东北的主要是胶东人，从水路出发的主要口岸为古登州的龙口港。

今天的这道城市链上已经有了一长串港口：历史悠久的龙口港、烟台港、威海港，新兴的蓬莱港、荣成港、莱州港……在东西三四百公里的一线，竟然有若干大吨位远航港口，令人叹为观止。以龙口为例，早在二十年前一位大作家从这里乘船去津，面对繁忙的港湾中停泊的大片中外船只，就发出了阵阵惊叹。由此往东不出二十里就是龙口境内黄水河古港遗址，这是清代沿用了几十年的军港，直到后来被威海卫海上要塞所取代。

谈起威海必想起甲午海战，想起刘公岛。这座犄角上最东端的城市经历了戚继光的率众抗倭，再到近代的大海战，已是名声显赫。它由一个军事要塞、几个渔村，演变为今天的繁华都市，成为联合国确立的"最适合人类居住的城市"。

人们通常说的齐鲁文化，实际上是把两种区别明显的文化合而为一，并或多或少将鲁文化取代了齐文化。胶东半岛

是齐文化的腹地,虽然齐国的都城远在临淄。齐文化的浪漫、亦仙亦幻、重商业物质、开拓和冒险的精神,是于海风吹拂中形成的,它与更加重视精神、强调政治及伦理秩序,念念不忘"君君臣臣"和"克己复礼"的鲁文化有所不同。所以后来道家文化在齐地而不是鲁地兴盛起来,像今天青岛的崂山、牟平的昆嵛山、荣成的铁槎山,终成为海内道教最显赫的几大名山。而栖霞市的滨都里,直接就是道教大师丘处机的故里,他一生宗教文化活动的最重要的痕迹,几乎全部留在了胶东。

由于地处沿海,大海蓝天白云绿树成为城市常伴,几乎每座城市都拥有自己引以为荣的海水浴场。这里的空气是透明的,夜晚可以看到少年时代的星光。春夏秋三个季节的中午走向室外,需要回避强烈的阳光。

像每一座城市每一个区域一样,这里也曾经饱受饥饿和战乱的折磨。在最艰难的岁月,密不透风的林木被成片毁掉,金碧辉煌的庙宇竟一夜烧光。经过了最悲惨最愚昧的年代,而后就是漫长的休养生息期。时至今日,半岛上仍有大力毁树的人,但也有倾心爱树的人,他们抓住每一个春天营造田园,敢让陆地与大海比绿。如今这里最应警惕的就是环境污染,因为上天的偏爱并不能代替一切,更不能万事大吉,小心翼翼地守护和疗救即在眼前。

正因为地处美丽的海中犄角,所以那些临海的大烟囱格外惹眼。有一天这些触目之物必将纷纷倒塌,代之而起的将是参天大树，以及树下更加令人向往的幸福生活。

【赏读札记】

　　文章以朴素的语言概述了胶东半岛的自然优势和历史文化，以及一系列海滨城市的地域环境之美，并表达了进一步尊重自然、爱护环境的呼声。文字是客观冷静的，但某些感性表达中，仍可见深挚的情感："这里的空气是透明的，夜晚可以看到少年时代的星光。"原来，作家介绍的正是自己的故乡。

梦中的铁路

那片平原显得太遥远了，远得不可企及……渴望着飞翔、滑动，渴望在更短的时间内，飞到母亲身边。

有什么力量和机缘能使我在这个夜晚，在北风消失的时刻，能迅速地返回那片平原，坐在母亲的面前，在那个稍稍陈旧的木桌前……

这是梦中的渴求。它或许不难做到，因为从这个城市到母亲那儿仅仅隔开了不足一千华里。

好像在五十年代中期，就有一个伟大人物端量着地图上的这段距离，用一支铅笔在纸上描画过：他说要在这个区间修一条铁路，单轨铁路。可是一连串的荒唐岁月把这位伟人的计划全部耽搁了，他自己大概也忘掉了，没有那个牵挂了。

在那里，我有一位母亲。

不只是母亲，还有母亲般的一片平原；那片沃土、海洋、无数的动植物，它们都是我心中的牵挂。我需要那里的空气，那里的河流和海洋。我的生命就从那儿滋生，我既需要

美城之链

从那里出发，又需要一次次地返回。我必须在这一段距离中寻找着自己的世界。可是我不能够飞翔，甚至不能够沿着两道铁轨滑动。

多少年一晃而过，这期间希望有了，又消失了。后来又是希望。我不知道这种循环往复还会延长多久。我没有这种创造和决定的力量，可又似乎没有必要指望他人。我在崎岖的道路上颠簸辗转，一次次回到那片灼热的土地。

没有人能够理解土地与土地之间的差异和奥秘，也不会有人对它们做出更多的解释。对它们、对他和她，对我的亲人和朋友，没人能够想像我这无尽的怀念。别人不知道当有人失去这些的时候，会跌入怎样难以承受的悲恸。那才是非常可怕的一天。就为了阻止那一天，他不由得要在近处盯视，守护，就像一个看护原野的人一样，总在那片土地上来回徘徊。

没有尽头地徘徊，牵肠挂肚、愁肠百结，一切潜在人心深处。它们藏在了心中，又被一支纤细的犁铧埋进土里。种种与人生一样漫长的耕作不会停息，只要生命尚存，就会继续。

梦中有两道锃亮的铁轨伸进了那片平原……

这不是一种懒惰和软弱的依赖，而是随时发作的冲动和焦虑所催生的梦境。让那两道闪亮的铁轨早些伸展和生长吧。

很小的时候，在外祖母的童话里，我似乎就看到了这两道锃亮的铁轨。后来长大了，走进了山区和城市，又走进了做梦

也想不到的远方，童话就消失了，铁轨也就消失了。

那片平原的边缘就是海洋，那儿有美丽的码头和轮船。在很远的过去轮船就通航了。可惜我的居所却伸入了陆地。这个居所不能在水上漂移。这是多大的遗憾。迁居已不可能，一切都宿命般地规定了。各种各样的尝试都有过，最终归于失败。这种不可解脱的矛盾，时时涌动的不安，缠绕了陆地上的儿子。

我发现那些微不足道的小地方都有了锃亮的两道铁轨。沿着这铁轨滑向东，滑向西，有趣而无聊。感激这种滑动，感激这种陆地的飞翔。可有时那一阵连一阵的铿锵之声只能激起人更大的焦思。

母亲般的平原自己完全有能力筑起一条或更多条铁轨。我们如果真的失去了那样的能力，就只能是一些恶棍作孽的结果。仿佛魔鬼把一根吸管伸进了富饶的平原，正贪婪地吸取。他们把她的血脉抽得干枯了。母亲般的平原为了维护自己的生命，就得倾尽全力滋生，以便供养自己越来越多的孩子。她变得越来越贫瘠，形容枯槁，满面皱纹。她再也没有力气担负或托举自己的两道锃亮的铁轨了。

那些自私而贪婪的恶棍，为了自己，丧尽天良地从平原上攫取越来越多的东西，把它们送到远处，以便享用恩赐。他们是一些可厌的动物，一些背叛者，一些注定了要灭亡和疯狂的、可耻的生命。

我甚至担心在未来的一天,在某种外力帮助我的母亲平原铺设这两道铁轨的时候,是否也会出于其他用心。我担心除了那一根粗大的吸管之外,又有人将通过这两条铁轨运走她结出的果实、她开出的鲜花。那样她就有了双重的悲哀。

我站在这儿为你祈祷。我盯视着一片夜色,又看到了你那双慈爱的眼睛,你的白发,你伸出的颤抖的手——这双手透过一片遥远,抚着我的头发和肩膀……我感觉着这双手,它比过去更温热、更柔软。

我想按住这双手,把它捧在脸上。可是寒冷的风、夜气,它们很快把它掩去了,抽走了……

我明白,只有在你的身边,我才会有更好的歌唱。我的自语、倾诉、回告,都将变得更为切实和可亲,真实而动人。一旦离开了你,我将变得孱弱无力,苟延残喘。

我的飞翔滑动的渴望,无数次将我蛊惑。我甚至幻想变成一只鸟,最好是一只鹰,在不为人知的午夜,翱翔于空中。我以我的高度和自由,去获得一种骄傲。

到那时候,人将获得永生,自由的永生。

我害怕错失作为一个人的最后机会。这恐惧伴随我,使我阵阵寒冷。冰凌又一次掉下,发出清脆的回响。它又一次破碎,晶莹地破碎,美丽地破碎……记起小时候,小茅屋的檐下就悬挂着无数这样的冰凌,它们也在风中摇动;当风大起来时,它们就发出叮叮咚咚的声音;每有冰凌跌下,我们立刻箭一般

飞跑出去，捡到手里，摇动着。你害怕冻伤了我的手，阻止我。可我还是把它紧紧地攥在手里，直到它化为水汁。我的手在冬天总是冻伤，还有耳朵、面颊……这就是那片寒冷的、风沙四起的荒原的回赠。我在灌木丛和沙丘那儿奔跑，不止一次掉进雪窟。我在那里呐喊春天，等待太阳融化冰雪，等待原野一片碧绿——那时候我的欢乐无边无际……

随着一次又一次绿色覆盖荒原，我心中有什么给点燃了。是母亲的手给点燃的。春天将无比的温柔注入了心间。这温柔在我心中萌发、成长，最后遍布周身。那温柔的网络包裹了我的生命。我有无数的感激要从喉咙倾吐而出。这一切都因为母亲，因为母亲般的平原。

为了答谢和回报，人总要把无穷无尽的感激撒向四方。人需要飞翔，需要滑动，需要以心的速度来往于他所理解的这个时间和空间。

当然，它只存在于梦中。

【赏读札记】

写这篇文章的时候，故乡的平原上尚未铺上铁轨通上火车。"渴望着飞翔、滑动，渴望在更短的时间内，飞到母亲身边。""我甚至幻想变成一只鸟，最好是一只鹰……"小时候萌生的一种渴望，几十年都未能实现，这让作家为之"牵肠挂肚、愁肠百结"；焦虑必然有疑心伴随，甚至还有一些愤慨。但文章最后，似有相当确定的好消息抚慰了他；只因担心再次扑空，他才压抑兴奋，暗自祈祷起来。此文既包含了历史性的思考，又交织着即时性的心绪，阅读之时，读者的心会伴随作家的情绪而起伏。

来龙口的火车

它铿铿锵锵多像一座海港的故事
可惜它从来都没有这样的故事
当梦中的煤堆积到泰山那么高
就在我心中化作了五岳之首
从小手持铁桶捡煤渣
饮着冰冷的水看窗外一闪而过的蜀葵
自认为是坐在一列昼夜不停的火车上
我们回家乡　我们豪迈地回到家乡

也许有了它的嘶叫之声
人的岁月才不会古老
有人歌唱带电的肉体
回顾从这边的码头到那边的东北
那一长串深山老林的故事和
人参娃娃的美妙传奇

老爷爷的胡子是黑的然而很长

姨母最美丽的女儿乘火车嫁到富锦

我至今记得她的女婿留了分头

一双眼睛像杏核一样

那节奏分明的雷声啊

那铁块做成的大蜈蚣啊

你追我赶的异乡童年纷纷散去

只剩下了一个脚步蹒跚的老者

他在昂昂的汽笛声里望着西部

人和拐杖一起在寒风里颤抖

多少次夜里醒来听着咣里咣当的声音

信号灯从窗棂上一寸寸扫过

橘子的香气中有一只手伸过来

把我圆圆的脑壳摸了三遍

故地像犄角挂满了不幸的荣誉

我是半岛不幸中出生的孩子

神奇的日子才刚刚开始

我们都像过节一样穿上了新衣

如同等待一场快乐的殖民

在钢铁的碰撞声里雄心勃勃

从此我们也成了自豪的一代

心灵的荒野筑起了记忆的丰碑

碑上镌刻了最古老的文字

记录着拓荒者的一部编年史

我梦见自己飞一样跨过铁轨

去摘那悬在树梢上的一串冰樱桃

- -

【赏读札记】

在"手持铁桶捡煤渣"的少年时代，诗人的故乡没有火车，但火车连接着一些传说，一些情感，承载着诗人最美好的想象和向往。当铁路伸向家乡的港口，当火车终于鸣叫着驶来，诗人抚今追昔，感慨万千。诗中有追忆，有联想，有隐隐的叹息，当然更多的是由衷的喜悦。

济南：泉水与垂杨

如果从高处俯瞰，会发现这样一座城市：北面是一条大河，南面是起伏的山岭，它们中间是绿色掩映下的一座城郭。河是黄河，中国最有名的一条大河，行至济南愈加开阔，坦荡向东，高堤内外尽是蓬蓬草木。山岭为泰山山脉东端，覆满了密挤的松树，有著名的四门塔、灵岩寺、千佛山、五峰山、龙洞等佛教圣地。

济南将始终和刘鹗的名句连在一起：家家泉水，户户垂杨。这八个字给人以无限想象，说的是水和树，是人类得以舒适居住的最重要的象征和条件。如果一个地方有水有树，那肯定就是生活之佳所。

来济南之前，曾想象过这样的春天：一些人无忧无虑地在泉边柳下晒着太阳，或散步或安坐，脸上尽是满足和幸福的神色。煮茶之水来自名泉，烧茶之柴取自南山，明湖有跳鱼，佛山有倒影，市民从容又欣欣。这样的描绘当然包括了预期，当然是外地人用神思对自己真实生活的一种补充。

来到济南是七十年代末八十年代初，春末夏初时节。尚未安顿下来，即风尘仆仆赶往大明湖。果然是大水涟涟，碧荷无边，杨柳轻拂，游人闲适。最让人感到亲切的是泥沙质湖岸，自然洁净，水鸟拦路。这令东部人想起了海，让西部人沾上了湿。一座多泉之城，名泉竟达七十二处；其实小泉无限，尽在市民家中院里，从青石缝隙中蹿流不息，习以为常。记得当年从大湖离开，穿小巷抄近路，踏进阴阴的胡同，一脚踩上的就常常是润湿的石块，有人告诉：下面压了泉。

而后又去龙洞山，看见了出乎意料的北方大绿：无边的山地全被绿色植被所遮掩，放眼望去几乎看不到裸石和山土。怀抱粗的大银杏树、长达十丈的攀崖葛藤，让人触目叹息。正是秋天，径湿苔滑，野果盈怀，采不胜采。耳听的全是野鸡啼山猫号，一仰头必有大鹰高翔。守山人比比画画说山里有狼，有银狐和豹猫之类。最难忘一只猫头鹰大白天蹲在路边，让人抚了三下光滑的额头才怏怏而去。

由于济南以前曾有德意志人染指，所以留下了一个著名的车站广场钟楼。这座钟楼与另外几处历史更久的大教堂一起，给古老的城市添上了异国情调，于对比中调剂了人的口味。苍苍石色和高耸的尖顶，记录了异国人的智慧和美。这是一段特殊历史的见证，见证了国势羸弱而不是开放；但它的美不仅是客观的，而且还无一例外地同样凝聚了劳动人民的智慧。

看过了自然与建筑再听戏曲，听当地最为盛行的吕剧、说书和泰山皮影。湖边说书人使用的济南老腔，厚味苍老，直连古韵，听得人颈直眼呆。泰山皮影则有专门的传人，属于视听大宴，特别入耳入心的是老艺人略显沙哑的泰山莱芜调，说英雄神仙和妖魔鬼怪，如同畅饮地方醇酒。与这一切特别匹配的就是泉水和垂杨。

这种初始印象既是确切的又是新鲜的，它一直会留在心中作为一个对比，并作为一个记忆告诉未来：这就是济南。

近三十年弹指而过。如今济南高楼林立，垂杨尚可寻，名泉迹犹在。钟楼渺无踪，皮影留泰安。仁者爱人，不爱人就会杀树。三十年来，爱树的济南人顽强地护住了湖边垂杨，虽不再"户户"；力促干涸的泉水重新喷涌，虽不再"家家"。这就是一座城市演变的历史，这就是现代工业化中的进与退。

如果仍然给梦想留下了空间，那么这个空间里最触目的仍然也还是那两个老词：泉水——垂杨。

【赏读札记】

文章以简约精练的文字描述了古城济南曾经的自然与建筑之美；"泉水和垂杨"是与闲适生活相匹配的特征，那曾经的"家

家泉水，户户垂杨"的景致，真的是惹人赞赏与留恋。但是近三十年的工业化，某些管理者的不仁做法，一度严重戕害了城市，让人不能不心生遗憾。这里的文字是克制的，但"垂杨尚可寻，名泉迹犹在。钟楼渺无踪，皮影留泰安"的概括，和"给梦想留下了空间"的吁请，仍能让人清晰地触摸到作家真实的脉动。

济南的泉水、钟楼和山

一

在济南住了二十多年，心中藏下的是最初几年的美好。济南素有三宝，即人人知道的杨柳、泉水和湖。我记得第一次去大明湖，沿岸走下来，踏着自然质朴的砖道，头上是飘洒的杨柳，再加上阳春三月，心里总是窜跳着一个响亮的字眼：济南。

的确，当年走进青石铺就的街道，石隙里就有水。不知有多少泉，大大小小，或在一处喷涌，或在默默渗流。它们想必是一个泉的大家族，在地下交织串连，然后分头出世寻找阳光。还有杨柳，印象里总是迎向太阳，总是在微笑。

说到济南，除了泉水和杨柳，然后就是具有异国风味的车站广场钟楼了。苍黑的建筑肃穆沉静，蒙着一层岁月的烟尘。这是济南的象征。我每逢出差归来，远远地一眼看到钟楼，心里就涌起一股热流，马上泛起的就是对自己城市的亲

昵情感。

济南的龙洞山在东郊，是我所看到的北方最绿的山。我第一次看到它时，简直没有发现一寸裸土。到处都是生旺多汁的植物，是藤蔓纠缠。野果多得摘也摘不完，小兽四处乱窜，头顶上盘旋着鹰。这里的古迹残址不止一处，虽然让人痛惜，但也令人生出一种追怀的伤感。遗址上总有高大异常的白果树，有精工细凿的石柱。

龙洞山，神秘幽深的山。它同样可以作为济南的指代。

总之济南的泉和柳、钟楼广场、龙洞山三宗，是一座城市永久的标志，更是她不朽的纪念。我甚至想，当它们有一天消失或破损之时，也就是这座城市衰败的开端。

我爱济南，爱她的得天独厚、她的不同凡响的拥有。

二

现在的济南是干燥的城市，给人的印象是尘土飞扬。湖还有，泉水不多了。杨柳和其他各种树都活得勉为其难。模仿外国人盖了几座高楼，像中国的许多城市一样。我多么热爱自己的城市，可是泉水和杨柳在退却隐没，湖给整得惨不忍睹：沿岸安了摩天轮、各种塑料物件、玩器。我总是远远地躲开这个湖，因为我害怕触景神伤。

记忆中的泉水蹿起足有半尺至一尺高，现在什么也没有了。和泉水一起消逝的还有著名的济南火车站。那个美丽的钟楼，那片广场，曾经是济南的骄傲。可是它们令人难以置信地被拆除了，取代它的新火车站是半截凹在地下的庸俗建筑，灰头土脸，毫无可以让人记忆的风采。

不爱树，也不会有水。没有树和水，也不会有可爱的城市。几乎每一条街道马路都难免开膛破肚的命运，几乎每一个居民区都忍受着噪音的折磨。我相信这里没人能忘记夏天的酷热、冬天笼罩在城市上空的深棕色云气。

再说龙洞山。如今的绿色少得让人难以理解。动物也消失了。它们原来存则并存，失则共失。一座在干燥中等待什么的山，像济南四周所有的山一样。多了几座小楼，游玩之所。那一个个神秘的苍绿峰头哪去了？雄鹰哪去了？

除了缺水少树，我所爱的城市很快还将被汽车拥住。可是尽管这样，有许多人还在不停地为济南的种种进步而欢歌。

当它到了林木荟郁的那一天，我会从中找到自己遗失的城市。

　　文章回忆了初来济南时城市的美好，抚今追昔，顿感怅惘与悲哀。"泉和柳、钟楼广场、龙洞山三宗"的"消失或破损"，预示了一个"衰败的开端"。今天的济南，"没人能忘记夏天的酷热、冬天笼罩在城市上空的深棕色云气"。济南如此，别处大致也差不多。人类正在亲手毁掉自己的家园，这一切是多么令人痛心。文章写的是济南，但表达的忧思可以指涉到更大的范围。

难忘观澜

　　"观澜"是深圳市内一个村子的名字。这里如今已成为海内外版画家的云集之地，所以人们都叫它为"观澜版画村"。

　　从深圳的高楼林立之间走出来，忍不住要长长呼吸一口。然后就到了这个村子，它就藏在市区之内，车子三拐两拐就到了。搓搓眼，一个愣怔：这是到了哪里？满眼的黑瓦白墙，一片静谧。下了车，两脚马上踏到了陈年石板路，路两旁全是一层两层的古旧民居，一眼看上去就知道是原貌故态，而不是后人仿盖的。一股浓郁淳朴的气息像老酒一样挥发出来，让人产生了醺醉感。

　　迎面有一棵大菩提树，它立于村子大街正中，枝叶繁茂。这棵树像有一股巨大的吸力，让所有人都靠前停下步子，行注目礼。它是这个村落的灵魂，已经在此地生长了好几百年。

　　我的心静下来——不是刚刚从闹市带来的那颗躁心静下来，而是将许久以前的、潜隐的浮躁悉数安抚，变得平平静

静。这儿有一种罕见的能量，这能量可能就潜藏在这棵大菩提树上——还有四周，这片安然自如的民居街巷之间。

在这个世界上，我是说那些海内华埠，繁荣都市，都应该葆有这样的一片清静温煦才好。现代人以高耸层叠和奇形怪状的建筑为能事，移植沿袭，竞相追逐，气喘吁吁。伴随这类建筑的一定是从西方抄来的各种游乐，是彻夜不息的放肆嚎唱，是大型舞台上扭动蹿跳的红男绿女。

东施效颦的激烈与轰鸣，成为一场热病之源。在阵阵鼓噪声中，劳动和创造的生命一天天被耗尽，收获的却只有一丝肤浅的、转瞬即逝的所谓"幸福"。

就为了建起一座座时尚之都，无数的"观澜"在消失，而且不留一丝痕迹。从南到北，一座座百年村屋被摧毁，连接童年的长巷业已推倒，标志和象征着一座古城的钟楼被炸掉。文明传承正处于危险的时刻。

心怀恻隐的旅者来看看观澜吧，你也许会在这里得到一点启示和安慰。

观澜除了低矮的民居，还有两座高起的建筑，那是矗立了上百年的碉楼。这就使整个小村呈现出另一番情致：既有贴近土地的朴拙生存，又有努力向上的抬头仰望。

刚拐出一条巷子，转身又是一道窄门：入门是一处芭蕉低垂的院落，院里有炽红如火的三角梅在盛开，有石桌，还有一口古井。

一个身着素衣的男子从一间屋里走出，垂着两只粗手，是从版画作坊里出来的师傅。原来这里不少房子虽然外部形制依旧，内里却被版画艺术家们使用起来，做了创作室和印制车间。

多么古朴沉寂的村子，这里的一切简直随处都可入画——艺术家们置身其间，不是有福了吗？他们在此地挥洒灵感，凝思，养气，一切都再好不过了。

就因为有古村落的气质笼罩一统，有那棵大菩提树的安定守护，所以尽管与商都大埠近在咫尺，空气中仍然没有染上什么异味。如果它的明天仍如今日，喧嚣止于白墙黑瓦，那么这里就永远有着诚笃的向往，有着神圣的朝拜。

一个金发碧眼的女子，来自西域，是个版画家，在这里产生了自己的得意作品。看她一手卡腰，一手揽住村里的同行，笑着，留下一幅照片。

鲁迅当年曾为版画在中国的复兴热情呼唤过，据说先生当年鼓励过的一个青年版画家，就出生在这个小村里。

我不由得想象：鲁迅穿着灰布长衫，手持香烟走在观澜的石板路上，仔细地瞧着这里的一切，满眼都是欣慰。

　　在以模仿西方为荣的时代，在高楼林立的闹市区，一个古朴村落的完好存在，特别值得欣喜；它给人的"启示和安慰"不小，因而意义非凡。作家记下这样一个硕果仅存的个案，并给予了由衷的称赞，当然意在倡导和推广。印象里，作家关于环境主题的文章，表达的总是批评与叹息，总是悲哀与愤怒，这一次很意外，难得地展示了一个正面形象。

西双版纳笔记

西双版纳就像一个梦幻，自小就在脑海里萦绕。已看过她太多的图片和文字，只不知道真的走近会是怎样的情形。在我们的经验中，许多美丽是经不起就近打量的，那只会让人失望和后悔。可是西双版纳，我们不可违拒地走进了你的秘境。

佛　寺

只要是大一点的傣族村寨都有一个佛寺，这是精神与信仰的象征，是身心向往之地。这与西方和中东地区信奉基督教或伊斯兰教的村落是一样的，那里稍大的村镇也必定有一个基督教堂或清真寺。在尖顶指向苍穹的美丽建筑四周，才是围拢一起的世俗生活。有没有这样的一个尖顶指向苍穹，那将是大为不同的生活。

傣族人家，许多男子在七岁左右必要剃度出家几年，住到佛寺里。虽然他们将来大半还是要做世俗营生，但这种少年

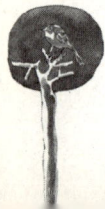

经历是极端重要的。这是早早开始的心灵洗涤。

傣族人的佛事活动频繁，无一例外是为了心灵的洗涤。一个人和一个民族，时常经历心灵的洗涤，实在远比身体的洗涤更为重要。我们知道，在内地的广大农村和城镇，过去由于生活条件所限，做到每周或每天都能进行身体洗涤也是很难的。现在许多人都有了洗浴的条件，可是心灵的洗涤一年里会有多少次？一次？两次？如果连一次都没有，这种生活就有些危险了。

从这里讲，傣族兄弟真是令人羡慕。

这一天又遇到了盛大的佛事活动。那是在景洪的总佛寺。身着鲜丽服饰的队伍绕寺行进，伴着节奏分明的音乐。队伍最前面是几排僧人，后边是手捧棉帛锦缎的男女老幼，再就是边走边舞的美丽少女：舞姿简洁典雅，只有手和两臂在重复同一种动作。她们身着盛装，右鬓佩戴一串鲜花。

我们久久地站立一旁。我们知道这不是表演，而是传统的延续，是从久远的时代开始的一个仪式。

醉　绿

人如果享受到过多的氧气会发生"醉氧"，而从北方来到西双版纳的人，会有一种"醉绿"。因为这不是一般的绿，而是人间大绿，是置身热带雨林之间。到处都是翁郁，是浓荫匝地，是让人惶惑的青翠欲滴。百鸟喧腾，异兽长啼，显然来到了另一个世界。这世界对我们有些突兀，得让人好好适应一番才好。

如果长期生活在这里，我们将如何消受这大绿簇拥的日子？有点难以想象。比起这里，北方的干燥，裸露的石土，还有无法告别的阴霾，几乎已经让人习以为常了。而这里的绿色又太多太盛，空气太过洁净。一切都得从头领略，从头开始，面对一场人生的惊喜。

祖辈在西双版纳山林中过活的傣族、哈尼族、基洛族，他们是怎样认识这满眼绿色的？他们常说的话是："没有森林就没有水，没有水就没有粮食，没有粮食就没有生活。"

原来他们将绿色看成了生活的源头。

这是对林木植被最为深刻的一种认识，也是最为朴素的一种认识。其实远在拉美的古印地安人早就知道森林与水的关系：为了享受充沛的雨水，总是小心翼翼地维护着林木，视毁林者为大仇。

雨水量的分布虽受天然地理板块的制约，但人也并非毫无作为，也就是说只要尽了人事，气候条件仍然可以逆转。比如记忆中的山东半岛北部沿海地区，在五六十年代之初就是绿色葱茏的，雨水也大。而在老人们的记忆里，更早的时候林子更密雨水更盛。

人间没有了绿色，苦难也就离我们不远了；没有了大绿，

也就失掉了幸福。生活在苍白的土地上，首先是疾病的来袭，进而是人心的焦枯。在尘土飞扬寸草不生的地方过日子，其实只是一种煎熬。

大　象

在西双版纳可以看到大象。在全世界，除了非洲和东南亚某些地区，这种动物都罕得一见。其实大象比人们珍惜的熊猫更需要爱护和保养才好，因为熊猫食量并不大，它们的吃物不过是竹子。大象则不然，一头大象每天不知需要多少植物的茎叶才能填饱肚子。

能够有一群大象自由自在游荡的地方，必有不可想象的密林绿地。所以在云南，在西双版纳这样的大绿之地才能养活得起它们。它们去了北方会是怎样？我们知道，那不过是在动物园里饲喂几头供孩子们看，让他们伸着小手点画："这是大象。"

如果我们北方游动着一群大象，气候是否适合先不说，仅以吃食论，那么不须太久的时间，本来就少得可怜的一点绿色都得被它们打扫得干干净净。我们真的没有供养它们的本钱，我们的绿色太薄。

西双版纳人当然以大象为傲，在城区，街头路口都有大象的雕塑。而我们知道，通常的城市里一般要给英雄人物才塑起雕像的。这里的大象就是活生生的大英雄。

　　我曾参加了当地的一次泼水活动。虽然不是泼水节，但总有机会让外地人感受水的恩惠和吉祥。同样是盛装的少男少女，他们手持水盆倾水泼撒，呼号祝福，还牵出了一头大象。

　　大象通人语，能交流，一根长鼻子擅取物，并不时地高举过顶向人致礼。它体大雄健，步伐沉稳，一双眼睛留意四周，憨态可掬。奇怪的是在它的面前，我们这些自以为聪明的"万物的灵长"，常常会有莫名其妙的羞愧感。

　　我们平时对那些能做大工、拥有大力的人给予赞美，称他们为"大象"。大动物与小动物在姿态上有一个最大的不同，就是拥有一副特别稳重的外表。小动物如黄鼬之类，总是活泼机灵的。

　　据专家们研究，大象是动物中唯一能够追思亡故的一类：它们行走在野地里，如果遇到先辈的遗骨，一定要停下来整理归拢，久久地伫立悲悼。

　　大象是最配享有阔大绿色的生命。

老　茶

　　人们熟知的有云南普洱茶，一度价昂逼人。人们还知道有一条古老的茶马古道，更早的人以牛马驮运茶叶运到西部边陲。这条茶马古道今天还在，已成为当今的一条追怀之路，散发着永久不息的茶香。

西双版纳的老茶树王绝不罕见。古老的茶林留下来，在新的时代吐放新芽，供人们品尝时光之味。好大的叶子，好苦好香，经过了特别的工艺更变得醇厚，可以冲泡出琥珀金色。

在丛丛密林间散着一间间普洱茶作坊，游人喜去，循香而至。这在外地人看来是多少有些神秘的地方，因为裹在山内，小鸟敛声，真好比古代道家的丹砂之地，不可轻易示人。不过好客的现代普洱人会引游客从路口进入，然后坐在草寮里，聊聊茶事，小口品一下他们的酿制。

我们相信，如果没有原始雨林，没有南国湿气的日夜蒸润，就不会有这种特异的老茶滋味。龙井属于西湖，那是另一片水土的精致。普洱出于大山，正得力于苍苍茫茫。杯茗与浑茫共生，才滋养出一派厚重的气象。这片大林莽中常有高达八九十米的望天树，还有繁衍成一大片的独木林。大鸟衔籽，巨鳗化龙，花腰傣歌声袅袅。

真正的普洱茶是深夐万物的综合滋味。我们啜饮品茗，须得静下心来，让胸怀与远山一统。

有一位蓝布裹头的老婆婆，她毫不费力地攀上一棵古树，采下一兜乌叶，准备了特别的礼物。她算好了将有一群年过花甲的男人从远城来，这些人最记得当年滋味。原来他们是四十年前的支边青年，曾在此地披星戴月干了十年。这些人后来终得回城，有了儿孙，如今算是旧地重游。

老茶树王，你是深山的见证，雨林的芬芳。

【赏读札记】

　　文章通过几个散点透视，记录了作家探访西双版纳时的印象。这里的"人间大绿"，令热爱大自然的作家跌入沉醉之中，感觉"来到了另一个世界"。不仅如此，佛寺和"盛大的佛事活动"，以及大象、老茶树王，也都让人联想到此地人民的健康和幸福，并对环境问题有进一步的思考。对秘境的探知尽管有限，但文章足以唤起我们的向往。伴随而来的心绪，却是有点复杂的：既然"大绿"之梦不存，那么，就让我们尽可能保护好身边的"小绿"吧。

台港小记

不陌生

作为一个五十年代出生的人来说，总会对台湾这样的地方有一些特别的想象，比如相逢后起码会有较大的陌生感，或者看到许多想象中的奇形怪状。因为我们不久以前对这个地方还是一无所知。它是另一片土地，阳光可能不太充足。但绿色很盛，是绿色遮住了阳光吧。想象中的宝岛是阴性的。

亲临其境，却觉得这里原是如此地熟悉。仿佛只是来到了大陆南部，那样的气息，那样的韵致。一切都一样，南国之音不绝于耳。

由于面积小，人们又要在这么小的一块地方做一些大事情，所以就尽量地利用起来，所以也就分外地拥挤。城市很多，很密，许多地方真正是"城乡一体化"的。所以说地方虽小，但要尽情地领略，详细地了解，还需要好好地费一番功夫。因为以单位面积而论，这里的巷子要多得多也曲折得多。

美城之链

169

首先是建筑。中国文化衍生和决定了一切，学外国，用力地学，还是改变不了血液里的东西。这里的建筑与大陆差不多，尤其是气质相同。与建筑同理的东西还有许多，都可以想象出来。文化是母体，母体繁衍了其他种种，它们可以改变名称，甚至在一定的时期内改变法度，但最终还是要表露出母体的色泽，散发出母体的气味。

绿色，山峦上的亚热带植物，那么茂盛的大竹林。这儿对大陆上的北方人刺激会格外大一些。北方人，若不包括东北林区居民，那就大抵是在光土上过日子，一见了大绿，莫名的感激会呼呼涌出。比如说我第一次去海南岛时就是这个样子。看了海南，还有安徽南部的秀山绿水，再看台湾，心情也就会平静一些了。

说平静也不平静。因为这里毕竟是几十年在另一种"主义"中生活的地方。我们要看看他们弄出了什么，他们有什么法物和宝贝。

看来看去，小处相异，而大处相同。

太忙碌

我们的一些人口密集的大城市，给人的感觉就是太忙碌。人活得真不易，这样忙到老死，一切全都丧失。我们的文化里难道就包含了如此的忙碌？因为不仅是中国城市，也还有

儒家文化圈里的日本韩国新加坡等等。这些城市里的人整天像工蜂那样奔波，起码是给人这样的感觉。当然，无论在哪里，有闲阶级是不必这样或不一定这样的；我们这里说的是总的感受和印象。

台湾的忙碌图像大概只有日本和香港一类地方才可以比拟。无论是多么秀美之地，这么多人拥挤，乐趣何在。那乐趣他们知道，拥挤的人自己知道。不过拥挤要出汗，要急躁，这都不好。人流车辆，风尘四起，绿色和湿气都压不住。

多少车啊，汽车摩托，交织着，诉说着发达的痛苦。如果更发达了，他们就会想出办法；现在还不行，现在则主要是忍住。看到在大街上，红灯一亮，所有摩托一齐停在一条线上，那儿立刻成了一片机械和钢铁的灌木林。头盔一片，城市的魔怪。

不言而喻，一座城市正在日夜不停地旋转和燃烧。这种大喧嚣大热闹谁能忍受，富人不能忍受，于是大多数时间逃到边缘一点的静谧之地去了。剩下来的是奋斗者，是充填一座城市的平民。富人只偶尔钻到城市的中心来一下，来称颂这儿的繁荣。这儿的繁荣是他们的。

喧闹是耗人的，一直到把人耗死。耗的过程中有富人的利益。

台湾是很有钱的，按照全世界竞争力排名，台湾是很靠前的。外汇储备也排在世界前边。不要忘了这儿只是一个地区，一个小小的岛子。可是巨大的财力并没有让这里变得更加美丽和井井有条。看来美丽来自心路，条理首先也是心路上的条理。这让我想起欧洲，那里的一些国家好像远没有台湾有钱，但是那里规整可人，处处都像个大花园。亚洲的许多城市值得让人好好反思，反思我们的文化。

难道我们的文化只有两个功能：或者使之贫穷到空空如也，或者让其混乱得面目可憎？

还有肮脏。

为什么这么脏？大陆上常常有些物质主义者把一切都归结到"贫穷"二字上，所以他们一直认为，脏乱差，甚至是人的道德水准低下，一概都是因为没有钱的过错。有钱能使鬼推磨的理论到了极致，也不过如此。其实我们面对的这个世界哪有这么简单。

钱在任何地方都不尽是汗水的结晶，所以说钱在许多时候是不干净的。所以我们把洁美的希望放在不干净的钱上，当然是大错而特错了。

求古气

台湾人中的一大部分，我想也主要是中产阶级以上者吧，极愿在衣着或其他方面求一点点古气，比如古声古气地说话，比如说穿一套中式绸棉衣裤之类。

他们没有忘了传统，起码看上去是如此。但多少也偏重了些形式主义。国学在他们那里普遍要好一点，这倒是真的；可是内在的深层的浸染，我也没有把握。

我们知道，台湾在几十年里与西方的关系并没有割断，他们的智识阶级比较大陆，英文起码要流畅得多。他们的西装也穿得要早，许多年前就在这些方面讲究了起来。但是这并不妨碍他们追求古气，像古香古色的家具装点的居所，特别是中式高档饭店宾馆又很多。中西结合之间，中的比重正在加大。

中产阶级把西化视为帅气和不让世界潮流，而把古气看成富裕的表现和资本。闲适是有钱人的事情，而最能凸显闲适和玩味情调的，当然还是国人这一套。一提起富裕的国人，人们立刻会想起柔软的绸装和水烟袋，想起手串子健身球之类。这些东西也许真的并不坏，但不知为什么总是给人一种腐臭的感觉。

时代不同了。在这样一个时代刻意地追求一种古气，会流露出其他东西也说不定。这是一个松弛的时代吗？我们都知道不是。这是一个松弛的小岛吗？我们知道也不是。可这是一个富裕的小岛，这儿的中产阶级多一点。而这儿的智识阶级中，中产阶级的比数起码要比大陆大得多。这样一想，心中也就了然。

我们有时候希望看到更朴素更自然地展露和流露。因为

美城之链

人的心情是无法从衣着举止上遮掩的。一个振作和奋斗中的民族，一片生机勃勃地充满了生长力的土地，一般都给人风尘仆仆的干练的感觉。

某种形式主义的漂浮感从学术场合也会看得出。一方面我们时时遇到学贯中西恳恳求真的读书种子，另一方面又常常遭逢一些不求甚解自以为是的假斯文。仿佛热衷于此道者多，具有深入领悟力的少而又少。像大陆一样，这儿在学术场合凑热闹的人总是多数。这些人吃惯了这一口，而且往往乐此不疲。这部分人讲起话来引经据典，古香古色，颇像那么一回事，实际上既没有学术也没有艺术。他们只是惯于起哄，在最通俗的层面上打转转。

在这种学术和艺术的引导下，台湾也就出了那么多我们所熟悉的电视剧，言情和剑侠小说，出了那么一大群所谓的青年艺术追求者。他们当中缺少钙质，缺少力量和立场。风花雪月太多，而风花雪月更多的时候是对人生的欺和骗。当然，观众和读者也需要这些；只是这里要指出的是，需要，包括热烈的拥赞，都不能掩盖事物的本质。

还珠后

香港在感觉上离我们近得多了。起码是去去容易。去台湾，直到现在香港还是重要的一站。我们都认为比较理解香

港，曾经更近距离地看望过她，说她是东方明珠。她与台湾差不多，也具有强大的世界性竞争力，在世界经济格局中有何等了得的地位。

不仅是从图片上，就是亲临其境，我们更多地注意的，也还是她亮丽非凡的一面，挺拔秀丽的一面。我们忘不了她的幽蓝之水，神话般挺起在绿水蓝山之侧的金属玻璃结构的高楼。西人管了她许久，他们的蓝眼睛把她的许多地方也染得够蓝。这就是另一种文化施补的好处。西人要在这里住上许久，所以他们也需要她的洁净和媚人。他们需要在视野里愉悦自己，以便让自己有个好心情。

另外那儿是寸土寸金，除了填海造地，就是极需要向上开拓空间，这是高楼林立的主要原因。填海更难，想想一寸寸填出来的土地，那要多么珍惜，所以在填海处建出的东西也就分外美丽可观。

如果说她是一颗明珠，那么现在确是还给了我们。还珠之后，我们在感觉上离她更近了，可以更好地观赏她、理解她。一珠在握，灼灼有光。我们把这珠子放在手心里摩擦，贴在脸颊上亲近。于是我们终于发现了她的残缺，她的可怕的污垢。

原来她把最不堪的一面放在了身后，放在了角落。我们不得不去稍稍留意一下她那又窄又脏的巷子，那冒着浊气滴着浊水的无名屋檐。几乎紧挨一起的耸起的塔楼，上面有无数的分割出的小小格子，要知道这每个格子里都要接受和庇护一户香港居民。我们平时在街上所感受的汹涌人流，喧嚣之潮，都要按时收进那一个个小小的格子。这儿真是破败脏腻，干燥拥挤，几乎没有什么绿色，都是清一色的水泥高垒。这里最经常看到的是随手抛下的垃圾，是那些匆匆行走的市民，是在路口上憋着一口粗气的汽车。

我们不难想象闷在这样的小格子里的感受。这很快让人想起了常说的两个字：生存。他们在生存着，生存在这个世界性的都市里。这儿连气流都是滚烫的，所有的气流都是匆匆市民的肺腑把它捂热了的。吸着这样的气流，我们还会想起另两个字：挣扎。

没有众多的人在挣扎，没有他们为了基本的希望，为了温饱，为了一口舒畅的呼吸而去挣扎，也就没有了这个明珠的光泽之源。那时她将暗淡下去，她将熄灭。

这也多少使人明白了为什么世界需要贫穷和饥饿。保留了贫穷和饥饿，并让它们像影子一样紧紧跟在许多人的身后，让他们不顾一切地拼命摆脱。只有这样，财富和华丽，高楼，神秘不解的富豪，超出想象的享受，这一切才能如意地创造出来。

贫与富的差距有多大，创造的张力也就有多大。这儿没有我们所熟悉的公平和人道，这儿只有竞争与发展，有速度，有无所不在的引诱。一个最繁荣的现代城市在许多时候不会是

一座伟大的城市，因为要繁荣就要注意留下许多穷人。穷人从来都是最强大最有效，也是最泼辣的劳动力。没有穷人，也就没有所谓的文明，没有宴会上郁金香酒杯里的香槟。

在这个明珠里活动着的一些人，他们西装革履，文质彬彬，尽情地享用和消受。而在另一些角落，在小屋小巷中，许多人要一大早排队来买几根油条和一碗豆汁；偶尔让脸色焦黄的卖主用剪子剪碎一个松花蛋在碟里，就是一次真正的享受了。香港人要晚起，可是起早买油条的人还是那么多，他们才不管什么红灯绿灯，趿拉着鞋子，有的还边走边揉眼睛，呼呼窜过路口。

这可能是世界上最拥挤的地方。同样的道理，只有在这样的地方富人才会格外高兴，因为他们觉得人多好办事。而他们自己呢，住在僻静的水林之畔，只是偶尔才出来看一下繁荣。他们要看看别人怎样日夜冶炼"明珠"。

【赏读札记】

文章是对台湾和香港两地旅行感悟的整理，既有客观的观察记述，也有冷静的分析判断，理性思考贯注全篇各段，字里行

美城之链

间都是人文关怀。"中国文化衍生和决定了一切，学外国，用力地学，还是改变不了血液里的东西。""难道我们的文化只有两个功能：或者使之贫穷到空空如也，或者让其混乱得面目可憎？"作家的批判立场是一致的，对大陆如此，对台港也如此。类似的思考，既有文化与根性上的分析，又综合了与大陆和西方的对比，其结论令人信服，也显得意义深远。

回忆太鲁阁*

我难忘梦中的莫名意象

有一片白色的百合如繁星闪烁

还有无数的隧道交错纠缠

一种黑如金属的岩石

五颜六色的沟谷和长渠

风的大门和光的入口

花的主人密藏之地

有香精装在鱼皮口袋里

中途的驿站是木制的

没有拴马的桩子没有草料

千万年前的造化少女

长成了今天的盛装妇人

她手里的网梭是银制的

---

*太鲁阁：台湾东部著名风景旅游区。

她无数的情夫是棕色的

她漆黑的眼睛深不见底

浑茫而清澈的水波涛翻涌

三桅船在顷刻间覆没

她平静得如同一位慈母

当年传说中的高山神女

与她有什么渊源有什么纠葛

异族人的老枪放响了

射穿了豹子紫黑色的胆

有一条小船拨响世纪的水弦

有一支飞速穿行的竹箭

从太平洋的此岸射向渤海湾

从花莲盆景到泰山迎客松

我的万松浦啊我的松林和浪涌啊

我那一万声呼号也无法抵达的

浓发后面的耳廓和小铃

美妙的小羊咩咩叫的时刻

北风一阵紧似一阵

你盼望的那条夜航船来了

驮载的是台东小巷里的雨伞

深红色的纸鹤叠成了山

诉说一个惊险故事

转述土纺棉布的温情口吻

长辫子姑娘挽住了东方的手

送给一吨重的方块字

这是木头和铅的积木

是在水上飞翔的善良之舟

是大海中不能移动的舢板

是装满了浪漫的翡翠屋

歌声和银子都在台东的网中

鹰和剑却留在五台山下

农民的中原和东夷的宝藏

都有一个神奇的姓氏和印章

从水中拔出的剑湿淋淋滴下的

是一串串鱼鳞花和丁香籽

是咖啡豆和香蕉根

是警察昨夜嚼过的槟榔叶子

转动石磨的日子被树荫罩住

草坯小屋里的老人和姑娘

一起迎接一个伟大的痴士

他从东方来到深海之巅

历经了自己张望的四季

没有春季的花却结出了秋天的果

遗失的狼毫笔就放在山坳上

你到底是携走还是留下

我有一个惆怅的诗人朋友

从拳击台的拦绳下爬上黑岩

摘吃了一枚灯笼形的南瓜

剪掉了西装上的纽扣

到处寻找野鸡和杜鹃

打麦场的清香和青杏的酸味

乡下的白胡子大爷和鬈毛狗

一切的葱和煎饼都卷起来

唯有阿里山和台东的路荒了

遥远啊遥远　遥远的故事

装在了贴身口袋里

这里焚香的烟飘过了太平洋

熏黑了彼岸的窗棂和兰草

想一下这里的冷秋落叶和霜冻

想一下小蜥蜴和纸一样的蛇蜕

你的春天和夏天的水牛啊

你的蝉网上凝结的那个黑点啊

谁的歌唱才能把你的芳心取走

那是黄土上的金子做成的瓣膜

在海水上种植万顷玉米的日子

会像五彩云霓一样降临

黄色粗面包分赠五洲兄弟

一万簇草莓果在空中飞驰

那个胡须稀疏的乡土作家手持一蟹

哀伤的面容打动了整个平原

一支黄口小儿做成的秸秆枪

指在了硕大的智慧之颅上

老人眯上眼睛却不敢微笑

用一个离奇的故事骗取生存

我茅屋下碳火一样的山楂

无边的冰雪窖藏的老酒

一齐端上麻布盘子的祖母之手

心头的哀疼随着春天飘散

只剩下一片透明的雾霭

像旗帜一样悬在太平洋上

【赏读札记】

　　这首诗结合了历史传说和现实回声，以及一些真实的细节，描述了在台湾某地逗留期间的一些纷杂的印象。然而，纵横的诗思并未一直停留在具体的地点，而是在历史与现实、他乡与故乡之间往返回旋。诗歌于是成为一个精灵，飞翔的翅膀收放自如，入地通天，表现出阔大的意境和悠远的情怀。

梦一样的莱茵河

④

德国是欧洲的一个重要国家，在世界上有重要的历史地位。德国人一向以严谨和守规则著称，文明程度较高。历史上德国被称作"诗人与思想家的国家"，在哲学、文学、艺术等许多领域，都有杰出代表和伟大人物出现。一个东方人来到德国，来到莱茵河畔，所见必有触动，所思必有新意，这让人想起一首老歌："莱茵河畔像画那样美/莱茵河畔清新的意境……莱茵河畔像诗那样美/莱茵河畔美丽又宁静……"

利口酒

——访德散记之一

如果有一帮老和尚偷偷摸摸捣鼓出一种酒，并且能够得以流传，那么这种酒不会错的。和尚造酒是犯忌的。优秀的僧人当然不会去干。但这是另一回事。我想说的是人间一些珍品的源路有多么奇特。

我们游过了西德的北部和中部，来到了南部城市斯图加特。一个下午，我们去城外郊游。太阳很低了，这时才有人想起回城里去。但要赶回去吃饭显然已经晚了点，于是有人提议在城外的郊区酒馆里进餐。

这还是来德国后第一次进这样的饭馆。

整个店像一座乡间别墅，全部用粗大的圆木钉成。屋顶大得很，看上去拙稚可爱。它在浓绿的草木簇拥之中与周围的一切相映成趣。美人蕉红得像火，野栗子树大冠如伞。木头屋子四周约几十米的地方，有一道削成方棱的木头栅栏。栅栏内有白色的金属椅子，有白木条凳。显然，这里面会是

梦一样的莱茵河

很有趣味的。

走进店门，大家都怔了一下。原来这里面十分华丽，简直一点儿不比维尔茨堡或汉诺威那些考究的酒馆差到哪里去——我们来斯图加特之前曾去过两个绝棒的酒馆，印象深刻。这个郊外的酒馆临近黄昏，灯火齐明，金属刀叉闪着光亮。枝形烛台上插满了蜡烛，桌子上的餐巾洁白如雪。墙壁上的装饰让人瞩目：一个野猪头，獠牙弯弯，小眼睛微微发红；鹿角尖尖，鹿的神情栩栩如生，如少女般温柔地注视着来客。这都是真实的动物做成的标本钉在了墙上的。还有壁画，画的内容当然是狩猎，猎人脚踏长筒皮靴，绑了裹脚，举着猎枪。一只棕熊中弹，腾空而起扑向猎人。不知为什么这些壁画都画得笨模笨样的，野物的神情多少有点像人。

这一切使你强烈地感到另一种生活的气息，即远远地离我们而去的山地狩猎、燃起篝火烤肉喝酒的那样一种情形。我们刚刚从山间小路上来，穿越了大片的丛林，再进这样的酒馆不是正合适吗？酒馆招待彬彬有礼，请客人入座，送盘碟刀叉，一整套动作连贯流畅，很像一种体态优美的舞蹈动作。但客人不会觉得有任何滑稽的意味，相反会从中感到源于职业的端庄和矜持。要点什么菜呢？菜单上标明了有烤土豆条、青豆等，有鱼——一种淡水鱼，样子像青鱼，产自城郊碧绿的小湖；有鹿肉、野猪肉、牛排、猪排等等。我要了一盘色拉、一份烤土豆条、一份鹿肉。喝什么酒呢？酒的品种可真多，我们几

个人相视而笑。

小说家G是我们的老大哥。他个子不高，穿一件黑色披风，多少像个将军。他伸出右手说："利口酒。"

我和另一位朋友也选择了利口酒。

原来这是一种无色液体，像崂山矿泉水那么明净，银晶晶的。只有小小一杯，我敢说那杯子比拇指大不了多少。旁边的朋友有的要当地啤酒，有的要葡萄酒，都是大杯子或半大的杯子，我们显然太不合算。我低头看看小小的杯子，见杯子的上半部有一道细细的红线，而杯中的酒刚刚达到红线那儿——也就是说，这种杯子虽然小如拇指，但却没有装满。

我端量了一会儿有趣的小杯子，与小说家G一同端起来。其实我们是用拇指和食指小心翼翼地将它捏起来的，送到嘴边，喝了很少一点。

"怎么样？"一边喝啤酒的人问。

我不能算是会喝酒的人。但我知道这一回喝到了一种古怪的酒。它的几滴液体在口中迅速漫开，使我感到满口里都是玫瑰花的味道。但轻轻咂一咂嘴，这种芬芳又若有若无地隐去了，有些微微的麻辣，并透出意味深长的甘甜。此刻的呼吸也充满了这种奇特的气味，令人神情一振。当我放下杯子的时候，这才感到舌尖冰凉，像刚刚溶化了几块薄冰。

这就是利口酒。我怎么告诉朋友它是什么滋味呢？我只能和G一起喊一句："好。"

梦一样的莱茵河

接下去的时间是我们捏住那个小杯子，快乐、谨慎、心神专注地把它喝完了。

一直陪同我们访问的当地一位记者、对南部风物极其熟悉的H介绍了利口酒。他说这种酒是很早以前，由一座修道院里的一帮修士们弄出来的。怎么弄出来的不知道，反正是给世上添了一种美好的东西。现在这里的利口酒有好多种了，但他最喜欢的还是修士们搞出来的这一种。

我仿佛看到了一群修士不动声色地在高墙大院内走着，转过一个夹道，进入一间地下室，搬出了一个硕大无比的酒坛。

大家全都兴致勃勃的。H先生竖起了拇指。

我仰脸看着屋顶天花板墙壁上的狩猎画，想象着很久以前这儿的独特风习，仿佛嗅到了山林中飘出的烤野猪肉的香味。那些好猎手也喝到了修士们的酒，你一盅我一盅，互相眨着眼睛。这样有劲道的酒显然猎人喝起来更合适一点，要比啤酒葡萄酒之类更对他们的胃口。

有人问H先生这种酒是什么酿成的。

H的回答有些含混，但我听明白它不是大麦和葡萄，也不是其他粮食和果子，而是玫瑰花瓣——究竟是不是纯粹的鲜花瓣不得而知，但我确实听到了"玫瑰"二字。

天晓得修士们怎么冥想出这样的玄妙精微，竟然用娇羞艳丽的东西酿酒。我多少有些吃惊，我想起了小杯子上那道神秘的红线，那正是玫瑰的颜色。

这种酒在我眼里是无与伦比的，或许事实上也正是那样。因为它本身包含了美丽的传说，奇妙的想象，还有不可思议的工艺……我想这也除非是修士们来制造，否则是不可能的。

我知道中国的和尚、印度的僧侣，他们都有博大精深的著作，构成了东方文化中最瑰丽最深奥的部分。这显然都是静悟和冥想的精粹，是一度回避尘埃的结果。做大学问的人都是寂寞自得的，与世俗利害相去甚远。试想中国的一些书画珍品、诗文高论、健身秘术，玄妙莫测，很多都出自和尚道人。

我知道物质经济，与艺术神思的原理相悖也相通，它们有一点是相同的，那就是同源于一种生命的创造能力。创造力的消长荣衰，有时是非常奇怪的，它们往往在安静的时刻里慢慢滋生壮大，然后一举完成一件不朽的业绩。

小说家G微仰着身子离开座位，又伸出右手。他大约在最后一次赞扬利口酒。

这座郊区酒馆不会从我们的记忆中抹掉，因为它太有个性了。来西德后见过一些有个性的酒馆，印象都非常深刻。我觉得欧洲人返璞归真的愿望非常强烈，这大约与他们的经济发展现状有关系。走在这块土地上，你到处可见他们满怀深情的追忆的痕迹，而酒馆只是其中一例。

坐在酒馆里，进餐（物质营养）的同时，不由自主地经历一次精神的洗礼，显然是很棒的。他们要尽一切可能，寻找一

梦一样的莱茵河

切机会，让人们去重温一个过去了的时代。

记得在北部和中部城市，在闹市区，类似的酒馆也不少见。例如在恩格斯家乡附近，大约是美丽如画的中部城市乌珀塔尔，我们就见过一个别具丰采的酒馆。

那个酒馆从外部看是玻璃结构的现代化建筑，正门装饰得很洋气。可进去之后，你就会大吃一惊。因为它的内部空间非常之大，出乎意料，真正是别有洞天。整个空间又分成了不同风味、不同色调、不同内容的很多很多区间，你可以随自己的意愿和趣味去选择。比如既有举行鸡尾酒会的大厅，讲究、富丽；又有散发着原始气味的、装饰了各种野物标本的小宴会厅；还有东西方各种风格的、各自独立的一些小型餐馆。有的地方是一个怪石嶙峋的山洞，摸索着进了洞才豁然开朗，原来又是一小酒馆。泉声潺潺，水车的木轮当真在转动。一处又一处圆木钉起的小屋，每一处里面都飘出酒香，响着叮咚的碰杯声。

这就是那个酒馆内部的情形。

我们一看就可以明白主人用心良苦。它提醒人们是从大自然中走出来的，那儿的一切仍然像是伸手就可以触摸，青藤缠绕，篝火嫣红，号角频频，狩猎的呐喊震动山谷。酒、野味、休憩的幸福，这一切都是勤劳和英勇开拓换来的。昨天刚刚逝去，人类还多么年轻。

记得每一次宴会都要摆上点燃的蜡烛。现在的电光源已

经是五花八门，但唯有蜡烛的光焰在这里长明不熄。仅仅是仿古和怀旧吗？我想这和那装点成原始意味的餐馆一样，给人的感觉是复杂的。

比如在巴伐利亚州府，老市长在市政厅的地下室里招待我们——地下室的墙壁上就和斯图加特的郊区酒馆一样，画满了狩猎的彩色图案。而且这儿的天花板上画了几个很大的动物，画了持枪的猎人。这使我们这些刚刚从繁华的街道上走来的客人进入了一个全新的世界。这是老市长相中的地方。他在此款待遥远的东方客人。墙壁上的图画在我看来仍然是笨模笨样的，倒也特别淳朴自然，透出了绘制者虔敬宁静的心态。那次宴会间，好像是慕尼黑市的文化长官伸手指点着墙上的图画，解释了它的内容。

总之，这儿不断向我们显示过去了的那个时代。这个时代当然不仅仅属于欧洲的民族，同样也属于亚洲。茂密的丛林和那时候的一切风俗一块儿消失了，人们只好根据记忆去复制出来。每个时代都有属于它自己的东西，我们在追忆寻找的那一刻里，也就变得丰富和成熟了。

试问现在还可以产生利口酒吗？现在还有那样的修士吗？我听说西方的修士在旅游旺季开办旅馆接客，而东方的僧人也开起了小卖部，经营图书宝剑和无笔画之类。没有过去的修士了，也不会产生那样的利口酒了。谁要想在充满刺激的迪斯科舞曲里轻轻呷着利口酒，谁就要执拗地维护那样的一

梦一样的莱茵河

种风范，一种传统，一种可以为今人所用的美妙的成果。

　　那天，直到太阳完全沉没我们才离开那座乡间酒馆。车子向着通往斯图加特的城区开去，我们频频回首望着稀疏淡远的灯火。夜风里，不知为什么玫瑰花的香味十分浓郁。这使我们又一次念出那种酒的名字。

　　我们那次旅行知道了修士们也会酿酒。

　　并且知道了玫瑰花也可以酿酒。利口酒，利口酒。

【赏读札记】

　　品尝修士用玫瑰花酿造的一种美酒，让作家悟到了"珍品的源路"，并进而联想到做学问与艺术创造；而郊区酒馆的壁画和装饰，又让作家感觉"经历了一次精神的洗礼"。并且，通过综合另外几次酒馆所见，感知到了"欧洲人返林归真的愿望"。作家首先敏锐地抓住了"利口酒"这个有意思的点，然后在思维发散时悄悄进行了场景切换，旁骛一番后又合理地作了收拢。这篇"访德散记"的写作收放自如，显示了相当成熟的技巧。

梦一样的莱茵河

——访德散记之二

    它流动在欧洲的土地上,流得格外响亮。河水的喧哗声响彻东方。当我走在这条河的岸边,面迎着湿漉漉的风,却驱赶不掉梦一般的感觉。

    看看欧洲,看看欧洲的河。

    我从胶东西北部小平原启程,来看看欧洲,看看欧洲的河。

    它肯定没有我原来想象得宽,苍绿的水面,翻着波浪,一艘艘货轮和客船在河道中奔驰。河两岸是大大小小的城市、遮满了绿色的青山、翁郁的森林。这里游人很少,真可惜了绒毯似的草坪,可惜了这滋润的气息。一株挺拔的丝柏,立在茵茵草地,远看像喷涌直上的浓烈烟柱;而鸽子和野鸭比人多,一群群鸽子落在堤岸的草地上,我向它们走去,它们向我走来。野鸭子待在游船小码头的木踏板上,我走向踏板,它们专注地看着我。淡淡的水雾流动在河面上,使这条大河看上去更妩媚也更安静了。

梦一样的莱茵河

　　我不能不去暗暗比较东方的河——那些无比亲切的、各种各样的、闻名于世的和默默无闻的，尤其是芦青河。芦青河河道也许还要宽于莱茵河，它以不可阻挡之势，在几千年前切开了胶东屋脊，奔向渤海。可是有多少人知道芦青河呢？我爱芦青河，也爱莱茵河。在这平等的爱之中，我心里滋生的是些什么感触呢？一丝惆怅，一丝委屈，抑或一点点愤愤不平吗？

　　一天黄昏，我与同行的诗人Z迈过波恩铁桥，在河的另一岸漫步。我们去看一棵茂盛的丝柏，因为在河的对岸观察它，它直冲九霄。踏过一片草地，穿过紫荆树和杜鹃花交织的小径，走到了大树下面。它的枝条一致向上举着，连每片墨绿的叶子也向上举着。整个树是一支巨大火把，照亮了宽阔的河面。它的燃不尽的油性，我相信是来自这油汪汪的河。

　　暮色里的莱茵河如诗如画。一条河的美丽除了它本身的壮观，更重要的大概还要依赖于两岸的景色。河行千里，山谷和平原都让河脉串为一体了。举目望去，变化多端的峰峦、密不透风的树林，覆盖了一切的草地，一切都让人感到一种特别的欣悦。我觉得人在这种环境中生活更容易心境平和，滋生出一些美好的想象。大自然是那样地与人贴近，人在大自然的怀抱中，大自然也在人的怀抱中。我想这时如果有一个调皮的摄影师走在河边，扬起他的摄影机，无论从肩上、胳肢窝下、背后，甚至低头倒立，只要随手一甩，按动快门，就会产生一幅很好的风光照片。

莱茵河滋润了欧洲。

芦青河滋润了华东的那片平原。

在我童年的记忆中，河水是清澈的，水下的卵石和小鱼都看得见。河边是野椿树和槐树，是一望无边的荻草。有一次我翻过河的入海口处的沙堤，一眼看到的是随地势起伏的绵延辽阔的荼花——它们雪白一片，迎风飘荡，真正是如火如荼！这条河留给我的是无限的思念，是一生的温馨。我后来离开了它；再后来无数次地跨越这条河，看到它慢慢变得浑浊，水流正向中间萎缩……但我心中的河，却依然是清明闪亮的，它永远被一片绿色簇拥着。芦青河，你不可改变，你不可干涸，你必须一直生机勃勃！

可怕的是它真的在干涸、变浑。由于大量砍伐树木、开垦荒地，水土严重流失。河道里隆起一处处沙丘，河水要在这些丘岭间蜿蜒。它裹挟着那么多泥沙，负担沉重，于是就将其堆积在河床上。我曾满怀希望地去寻找童年的野椿树和无边的荼花，还有那油绿深邃的丛林。结果一切都没有了。我在河边的荒地上，在松软的沙滩上漫无目的地走着，觉得自己突然间变得一贫如洗……使我振作起来的是不久之前的事情。那时我又回到河边，终于看到了大片大片新植的小树苗，还看到了堤下的草坪，刚刚围成的花坛。那会儿我兴冲冲地沿河堤一口气走了十几里路，想象着明天的河，寻找着昨天的河。我知道一切都在开始。这一切做得晚了点，但终究还是做起来了。

梦一样的莱茵河

　　莱茵河暗绿色的波涛拍着堤岸，送来一股奇怪的气息。多少船只来来往往，从高大的铁桥下穿过去。船上彩旗在风中一齐抖动。汽笛声低沉短促，像是怕惊扰了两岸的沉睡。河水传来的那股气息，我渐渐明白了是工业大都市的气味。河上还有多少波恩这样的铁桥？不知道。我从桥上走过，总是对箭一般驰过的车辆有些担心。大桥的人行道很窄，行人走到弧形桥面的最高点，可以强烈地感到它在颤抖。再低头望望下面，河道正像桥面一样繁忙急迫，航船如梭。这是一条充满了旋转、追逐、摩擦的河流。

　　我同样想象不出莱茵河的昨天。它像我记忆中的河流那样宁静淳朴、充满了天然野趣吗？我想会的。两条不同的河流之间有什么在联结着。它们都有过昨天，也都会有明天。莱茵河是否干涸过、荒芜过？它像东方的那条河一样生长着，变幻着，终于成为眼前这样的河了吗？

　　一切都像梦一样。我与Ｚ诗人去看过的丝柏挺立在草坪上，它的沉默使我一阵阵惊讶。有一位荷兰大画家多次描绘过它，如今它就在这河畔上燃烧。有时我又觉得它就是东方那条河岸的野椿树。它那么陌生，又那么亲切，一如它守护的河流。我不得不承认，我更喜欢的还是那条童年的河，那条河里洗净了多少调皮娃娃身上的尘土。它更容易让人亲近，让人理解。它的美是不加雕琢，也不被扰乱的。它的波涛上只有白帆，有欸乃之声，有老人和孩子的笑声。牛在岸边哞哞长叫，羊

从堤坡上小心地下来喝水。

波恩大学的K教授与我一起沿河走去时，和我谈了很多莱茵河的事情，使我吃惊。比如说，这河里就看不到一个游泳的人。那不是天气的关系，而是人们惧怕污染过的河水，认为在这条河里泡过会生皮肤癌。波恩人幽默地说："莱茵河如今可以用来冲洗胶片了！"那意思是它的化学污染严重。这条河流经几个国家，沿途几个化工厂毁掉了河水。K教授说如今已经没人敢吃河里的鱼了，尽管淡水鱼味道鲜美。这是真的，因为我在波恩期间没有吃过，也没有看到销售淡水鱼。显然，现代生活已经如此严酷地改变了一条河。欧洲的文明也没法解决污染问题。虽然这里的水还算清明，不像东方的有些河流那般浑浊，但这里正在开始的，是一场无色无味的毒化。这更可怕。

我把K教授的话告诉了Z诗人。他说：我们的黄河跳进去洗不清，可你洗吧，保证没事！这条河（莱茵河）可以洗得清，不过谁敢去洗呢。事情真是奇妙得很，看上去不怎么干净的，倒很卫生。不过我想明天的黄河，谁也不敢说怎么样，正像芦青河经历的变化让人感到莫测一样。每一条河都有生命，都在成长和更新。似乎每一条河都要经历那么几个阶段，告别一个阶段，就同时告别了一些欢乐和痛苦。我们没法自由选择，悲怆地遵循了铁一样的自然法则。

我在波恩住了两次，共一周多的时间。可当我以后回忆欧洲之行，首先想到的，却是莱茵河。我永远不会忘记湿润的河风给我的难以言传的感觉，忘不掉一个东方青年心中的波涛。河风将我的头发撩起来，我迎着风往前走，一直走下去。早晨的太阳和晚上的太阳都映红了大河，可一个是火热的，一个是宁静的。我在河边沉醉，畅想，流连忘返。可这一切带给我的又绝不仅仅是欣赏的轻松和愉悦，而是更为复杂难言的心绪。

第二天就要动身去汉堡了，那时又将看到欧洲的另一条大河，易北河。我久久地走在莱茵河边，我想此刻远在东方的朋友和亲人，你们知道我现在看到的是什么？是一株普通的树、一片熟悉的草、一道石砌的河堤……什么都不陌生，什么都不奇异。我们的土地上也有这一切。我们保护它们，并让它们壮大、繁茂。绿色不仅仅只是荫护欧洲，河水也不仅仅只是滋润欧洲。同样，东方那些淳朴的河流，也该强烈地、意味深长地吸引欧洲的想象。晚霞的红色又铺展下来了，大河像少女一样羞答答的。鸽子轻灵地落在我的前方，我向它们走去，它们向我走来。野鸭子也看到了我，它们总是神情专注。我伸手向它们、也向莱茵河摇了摇手。

这是否是告别的手势，我也不知道。我只知道在举起右手的那一刻，心中充满了温暖和宽容。我想我多么喜爱这些小动物、小生命；我会动手植树种草，而对它们永不伤害。我知道还是莱茵河两岸的浓绿，才使人多多少少忽略了它的纷

乱。绿色，还是绿色；没有绿色，也许人类会疯狂的。

　　我最后一眼看到的，还是那株枝叶向上的大树。它从茵茵草地上长起来，直冲云霄。我还是原来的印象，觉得它像喷涌直上的浓烈烟柱。

【赏读札记】

　　这篇"访德散记"的情感色彩相当浓烈。文章中有对眼前景物的描写，但更多的是作者自己不绝如缕的思绪。这是作家年轻时的欧洲之行，印象最深的莫过于莱茵河。漫步在莱茵河畔，"在河边沉醉，畅想，留连忘返"，却又时常想起儿时家乡的芦青河。因此说，莱茵河给予作家的"绝不仅仅是欣赏的轻松和愉悦，而是更为复杂难言的心绪"。两条河的比较，特别是对环境问题的思考，极大地增加了文章的思想含量。

去看阿尔卑斯山

——访德散记之三

我到了欧洲没有几天，心中就滋生了一个奢望。有一天我向同行的朋友说："不知能不能安排我们去看看阿尔卑斯山？"朋友笑了。我知道他也想看，哪怕只看一眼也好。

东方人心中矗立的是世界最高峰喜马拉雅山山脉的珠穆朗玛峰。但他们也知道西方的名山，知道阿尔卑斯山的名气有多么大。这座雄伟奇绝的山脉西面起自法国境内，经瑞士、西德、意大利，东到奥地利。很多大河发源于这个山脉，像波河、罗纳河，还有莱茵河。

到了欧洲，不看看阿尔卑斯山可太亏了。

当时我们正在北海之滨，在汉堡。那是德意志联邦共和国的北部。而我们一直惦念的山脉却在这个国家的南部。

德国北部的秀丽风光，异地风情，一切一切陌生得让人应接不暇的事物，使我们一度把那座山的影子抛到了一边。但后来到了汉诺威、特利尔，又到了维尔茨堡，正一点点接近德国

的南部著名城市斯图加特和慕尼黑。离阿尔卑斯山越来越近了,于是心底的那种兴奋之情又悄悄地泛了上来。

M先生是一家报纸的记者,访问途中一直为我们开车,同时又是天底下最棒的向导。他跟我们在一起玩得愉快极了,我们高兴的时候,他的蓝眼睛就溢满了光彩。他的英语说得不太好,常用的几个单词从嘴里飞出来,十分响亮。他告诉我们,车子再往南开,就可以遥望到一座大山了。

"什么山呢?"女小说家L赶忙问了一句。

M洪亮地喊道:"阿尔卑斯!"

棒极了,一切都要如愿以偿了。车子在南部山区飞驰着,公路两旁的景色更加秀丽。车内的人不可能感到疲倦,因为窗外吸引人的景致太多了。我们都觉得这儿比北部,特别是比中部还要漂亮。丘岭起伏,林草翁郁,森林的气息越来越浓烈。在无山的间隔地段,隆起的漫坡高地被密密的绿草覆盖,呈流线型连绵数里,真是绝妙的画境。

绿色的原野上总能看到几只雪白的肥羊。它们好像专门为了点缀成画而来,洁净得纤尘不染。灰色的大盖木屋孤零零地坐落在草地上,每隔一二里就有一座,像童话里的建筑。后来我才知道这是贮干草用的房子。奇怪的是你如果用一幅图画去要求这儿的原野的话,就会发现缺了高地山坡不行,缺了白羊不行,缺了灰房子更不行。

简朴的村庄就在山岭旁边。村庄里除了教堂之外,一般没有太高大的建筑。几乎没有一座平顶房，房顶都比较陡，房瓦是红的或者灰的。小房子挺精神的。整个村庄像用清水洗刷过，洁净地待在谷地里。从一座座城市中穿过，每到了小村庄的边上就感到亲切。它使人想到东方，想到东方的生活。这儿的宁静和自然，这儿的独特的气质，是在汉堡和不来梅那种城市寻找不到的。

我曾想象过小房子里的生活，想象这儿的农民怎样过日子。他们的土地上水草茂盛、庄稼油旺，羊和牛都肥得可以，小房子有的一层，有的两层，方方地隔开很多间。如果用我们习惯了的经验和标准来判断，他们显然舒服得很。

当傍晚车子穿过村庄的街道时，偶尔会听到悠扬的钢琴声。这时暮色一片，尖屋顶、木栅栏都沉浸在红润里。屋子旁边的花圃中朦胧灿烂，巴掌大的叶片在微风中摇动不止。

时间刚好是盛夏，如果在东方，在黄河的下游地带或泰山山麓，正是暑气蒸人的季节。但这儿却像初秋那么凉爽，人们出门还需要一件外套。在我们的华东平原上，此刻勤劳的农民们刚刚擦一把汗水，在田埂树荫下喘息吗？太阳落山时，他们会把衣衫搭上肩头，迎着村落上腾起的炊烟和浓烈的米饭的香味走回家去。母鸡扇动翅膀，白鹅伸直了长颈。广播喇叭正报天气预报，小孩儿把尿溅到了姥姥身上。家庭的声音驱走了一片暑气，院子里的大槐树逗趣般地掉下一个绿壳虫。灶间里的风箱还在呼哒哒地响，女人一边往灶里抓草一边看着男

人。她去捅火，白色的灰屑扑了她一脸。火焰映出的是额头上一道道皱纹。男人喊了她一声。

我们的车在著名的斯图加特市停留了一天，就径直开往慕尼黑了。

秋一样的凉爽，鲜啤酒一样的清香，这一切都没法不使人神情振奋。M先生两手握着方向盘，常常要告诉一点什么。路旁的山坡上种满了啤酒花，一行一行规整极了。这儿的啤酒花产量是世界上最高的。如果晚来几个月，那正好会赶上这儿的啤酒节了。那可是个盛大的欢快的节日，是世界上真正独一无二的场景。啤酒节又可以叫成"草地节"，你于是可以想象得出啤酒与大自然的关系了。

我们终于来到了阿尔卑斯山下的这座名城了。

从哪里看起呢？这座洁净得如同一只天鹅的城市，这座像冰晶一样闪亮的城市。伟大的艺术家施特劳斯就诞生在这里，是市民们引以为荣的，也该是这座城市的殊荣。我们看到了市政厅附近的巨大喷泉，看到了在广场一侧如痴如迷地吹奏着的土耳其人……可是阿尔卑斯山呢？

我们到"大都市旅馆"里住下后，太阳还没有落山，有人提议趁这段时间去看看它。他找到M先生，说："这会儿去看看它吧。"我们都知道"它"指什么。M先生说："时间恐怕来不及了。"不过他说着却将我们引上了车。

车子愉快地驶出市区。

梦一样的莱茵河

车子爬上了被绿树掩映的坡路。路旁山坡上的树好密，几乎每株松树都笔直高大，那颜色使注视它们的一双双眼睛也变得明亮了。由于根须扎在一座水分充裕、土层肥沃的山脉上，真正是苍翠欲滴。我们已经踏上了阿尔卑斯山的领地，但离它的那些终年积雪的峰峦还有很远。

M先生将车子停在一个湖边。我们首先被这个湖泊给吸引了，一下车就伏到了湖边的铁栏上。湖水碧绿清亮，白雾在远处飘移。木船慢慢地游动，三三两两，显得湖面很旷远。湖的另一边消失在大山脚下，也许它顺着山麓转到了另一边去。

大家全都无声无息地看着。这个湖泊是不应该被惊扰的。湖面上徐徐吹来的风撩起了诗人的头发，拂动了女士们的风衣，洗着我发烫的脸颊。

M先生告诉大家，阿尔卑斯地区有空气纯化监视设备，这儿的空气必须纯正清新。还有，湖中绝不准许以油为燃料的船只经过——你们看到那几个全是木船了吧？

当我们正议论着湖水的时候，不知谁在身后喊了一声："看！"大家一块儿转过身去，一齐抬头仰视——不远处，那雾气迷茫的地方有银白色在闪耀，原来那就是德国境内的阿尔卑斯山高峰。它的雪衣在傍晚的光色下闪烁，又被雾幔不时地隐去。峰巅万仞，云气苍茫，藏下了说不尽的神秘和冷峻的威严。

M先生笑着。他终于把我们带到了这里。

我们就这样望着这座高山。我的心绪这一刻非常复杂。我相信一个东方人从遥远的地方跑来看一眼这座名山，都会有很多的感触。那种意味是说不清的。究竟为什么要来看山？看山得到了什么？这一次行动的意义又在哪里？

　　阿尔卑斯山沉默着，所有望着它的人也都沉默着。怎么回答呢？我不知道。我只能说它在这一刻所给予的某种震撼，是我久久不能忘记的。

　　天色暗了。我们没有时间离山再近一些了。就带着巨大的满足和深深的遗憾，踏上了归途。

　　夜色中穿越密林中的山路，这在来德国后还是第一次。我们将车窗打开来，让山间清凉的空气透入车厢。四周一片沉寂，似乎能听到树叶飘飘落地的声音。身后的大山和湖泊隐在了夜色丛林之中，但我此刻仿佛仍然听到了水珠飞溅，就像敲击玉盘；雪峰的倒影印在湖镜上，星海一片，突然有一只鸟在遥远的地方啼叫起来，一声比一声凄厉，一声比一声急促。它叫了一会儿，声音才渐渐地舒缓下来。我想这是阿尔卑斯山之巅的一只孤独的鸟儿。

　　这就算看过了阿尔卑斯山？

　　我心头掠过一丝微笑，在微弱的光线下去看同车的几个朋友。他们奇怪地全都闭着眼睛，模样有些好笑。我碰一碰诗人。他睁开了那双布满红丝的大眼，咕哝了一句德语。两天以后我才明白他说了一句什么话，那句话可不怎么让人愉快。

梦一样的莱茵河

在慕尼黑市匆匆忙忙又兴趣盎然地游览，不知不觉过去了两天。这个啤酒王国让我们喝足了它的啤酒，大家得用双手才举得起硕大的杯子。我们觉得整个联邦德国的城市夜间都亮如白昼，慕尼黑似乎更亮一些。欧洲电力充足，看看它们的灯就知道。再加上金属结构和玻璃结构的建筑较多，可以与灯交相辉映。这儿的灯店给人留下强烈印象，里面的花色品种太多了。可以与这儿的灯店相比的，记得只在波恩和汉堡看到过。我买了一个红色的台灯。

第三天下午是休息、郊游的时间，不是正好用来去看阿尔卑斯山吗？这回我们有时间一直将车开到山根下。想是这样想了，但不好意思跟M先生说，因为他几天来开车太疲累了。可是令人感激的是M先生自己提出了进山的建议。大家一时无语，只让兴奋在眸子里跳荡。

赶快上车，这是我们离开慕尼黑市前最后的一个下午了。

女小说家L穿上了一条鲜红发亮的裙子，坐在我们中间。也可能是多了一条红裙子的缘故，我们觉得一个什么节日来临了。也许有人会感到费解：繁华的城市有多少东西等待我们去瞥上一眼，可我们却一再匆匆地上山……这是为什么？

不知道。也许就因为它是阿尔卑斯山吧。

M先生告诉，有缆车通往主峰。那么说我们可以亲自用手去捧捧积雪了——我从来没有在盛夏摸过白雪。当车驶近了高大的山峰时，我们大家对其他东西都视而不见了，因为都一

梦一样的莱茵河

股心思去看这让人惊心动魄的大山了。

这次可以看得更清晰了。山色青苍，森森逼人。巨大有力的石块呈千姿百态凸立，使你强烈地感到很久很久以前那一次熔岩的愤怒。一道峰刃将另一道挡在阴影里，阴影重叠，白雪皑皑。云流在山口上涌泄，似有撕裂棉帛的声音隐隐传来……

可惜开缆车的时间已过。但我们无悔地站在山根。这儿冷风嗖嗖，真是个严肃的地方。

我们的车仍在夜色里往回开。大家坐在车中，仍像上一次一样闭着眼睛。半路上，我又推了一下诗人，他又咕哝了上次说过的那句德语。这回我听明白了，他在说："别了！"

【赏读札记】

朝拜名山大川是值得激动的事情，对于热爱大自然的作家来说尤其如此。一见到奇丽的自然景色，作家就兴奋起来，所以此作写得非常感性，可谓具体而细致、饱满而结实。阿尔卑斯是欧洲最高的山脉，环境保护做得也非常好，作家有幸两次去看德国境内的这座大山，特别值得一记。第一次看山，离开时心里有"巨

大的满足和深深的遗憾"；第二次看山，"大家对其他东西都视而不见了，因为都一股心思去看这让人惊心动魄的大山了。"这些表达心情的文字富有力度，给人印象很深。

默默挺立

—— 访德散记之四

　　从法兰克福乘车到波恩，心情异样地激动。车子在高速公路上飞速行驶，两旁不断出现森林、起伏的草地和麦田。偶尔有一块油菜花嵌在田野上，明亮耀眼。这里看不到一处裸露着的泥土，一切都在尽情地生长。林子里，早熟的各种果子已经泛红，鸟儿在树杈深处呼叫应答。一阵雨水冲刷着马路和林木，使这个世界纤尘不沾。我们的车子飞驰着，不断把人带入崭新的境界。

　　从飞机上俯视这片土地，给人印象最深的是绿色占去了绝大部分面积，而一座座城市和村庄只是夹在大片绿色的缝隙里。绿色在这里成为最主要的色调。我从哈尔滨飞往北京，看到的情况恰恰相反。这条飞行路线是较好的绿化地带，但给人的感觉是绿色只算点缀。欧洲这片土地得天独厚，气候湿润，雨水充足，任何种子都可以在最短的时间里鼓胀起来，伸展叶芽，疯狂地生长蔓延。于是山不见石，田不见土，连

高大雄奇的建筑也给遮掩起来了。

这个国家面积不大，山水有限。但由于一切都被茂盛的植物遮盖了，绿荫婆娑，就让人觉得奥妙无穷，意味深长，也分外含蓄。我们的司机H是一位顶呱呱的司机，可他的本来职业是一名记者。H先生沉默寡言，他见我们一路上十分高兴，也就一直微笑着。

一路上大家的眼睛一直注意看两旁的树木，贪婪地饱餐田野的秀丽风光。很多树种似曾相识，但又叫不上名字。有一种红叶树红得人心里一动一动，谁见了都要脱口喊一句："哎呀，快看！"黄色的、浅绿的、紫红的，任何色彩镶在深绿色的丛林中，都会让人眼前一亮。H先生满意地微笑着。

我突然看到了一片棕红色的高大树木，像是一种奇异的松树。它们默默挺立在山坡上，一动不动地，别有一种风韵。我伸手指向窗外，说："你们看！这种颜色的树……这么大一片！"大家一齐转脸去看。与此同时，H先生鼻子里哼了一声。我看见H先生的脸色略有阴沉。翻译同志告诉大家：H先生说那是死去的一片松树——它们是被酸雨慢慢淋死的。目前，这个国家的大片土地都面临着酸雨的威胁。你们还可以看到很多这样的树，很多。

我以前看过关于酸雨的报道，印象不深。它没有在头脑中化为形象的东西。而今天，我再也不会忘掉酸雨了。我知道了它有多么可怕。如果酸雨继续出现的话，那么整个大山不是要慢慢光秃吗? 酸雨是死亡之水。

　　车子向前, 我们接着又不断地发现一处处死去的松树。它们死去了, 但并未倒下, 只是树杈僵硬, 默默地站立着。这种无言的站立, 这种沉默……有一种可怕的东西传递出来。

　　如果想象一下它们当初仰脸向天迎接雨水的情景, 会是很动人的。可酸雨首先使它们失明, 然后是残酷的剥蚀。最后的时刻来到了, 它们终于没有来得及与人们告别。实际上也无需告别。因为酸雨的创造者不是天空, 不是上帝, 而是人类自己。

　　我们到了波恩, 又到汉堡, 到大大小小的城市, 到阿尔卑斯山下……到处都是一片浓绿。可见这个国家在环境保护方面用心良苦, 这里到处有劳动的血汗, 有长远的眼光, 有一切尽心尽力的痕迹。非常重要的是, 从这一切可以看出这个民族的宽容, 对大自然其他生命的尊重。鲜花是生活中绝不可少、最为珍贵的。对一个人的敬重, 莫过于向他(她)献一束鲜花。那么看吧, 花店处处, 芬芳四溢, 橱窗、街心、山坡、阳台, 到处都是用心培植和任其生发的鲜花。一株嫩芽、一棵小草, 只要是绿的、有生机的, 就会得到保护。一个人走在蓬蓬勃勃的树林和花草之间, 会感到安宁和坦然。失去这一切, 我想心灵深处一定更容易荒芜。在这儿, 在欧洲的这片土地上, 就是这样的郁郁葱葱, 一片苍翠。

　　可也就是在这片土地上, 我看到了一片片死去的高大树

木。它们默默挺立。

它们告诉你绿荫遮蔽之下，还有另一个欧洲。

这儿物质丰富，工业发达，科技先进，很多人生活得又惬意又条理。可是人与自然的关系是世界上无数法则、无数关系之中最重要的一个，如果这方面出现了严重问题，其他所有方面的条理都显得微不足道了。如果人类文明与地球灾难一块儿发展和扩大，这种文明最终就会将世界引向死亡。也就是说，人们到了再一次调拨生活的罗盘的关键时刻了。你在这调拨中会进一步审视人类迄今为止的一切行为，重新权衡与大千世界密切相关的所有事物。你会认识到，对大自然的绿色生命仅仅是一般的爱还远远不够，仅仅是一般的保护也无济于事。

酸雨在世界的好多角落都降落过。但它只有降落在一片浓绿的土地上，降落在最懂得保护自然的现代人身上，才显出了真正的残酷无情。

我忘不了进入鲁尔区的情景。鲁尔区是联邦德国的工业发达地带，是发生经济奇迹的地方。可是当汽车驶入这里的高速公路，两边的森林从车窗旁飞速闪过时，你会感到一阵阵痛楚。一片又一片焦干的棕红色树木沉默在那儿，挺立着，无声无息。它们高大的身躯笔直伟岸，主干上伸向两侧的枝杈差不多都很对称。绿叶脱光了，成了一具多么完美的死亡标本。注视着鲁尔区的这些标本，任何人都会有一种悲壮的感觉。

核电站的巨型建筑矗立着；一些不知名的工业建筑群像山峦一样隆起。无数大烟囱插向云天；红红绿绿的各种线缆集成一大束，分别向四方蜿蜒。蒸汽喷向天空，很快漫成白云一样。雨水哗哗地浇下，鲁尔区的一切又在淋雨了。谁也不知道这是不是酸雨。雨中，大地一片寂静，连高速公路上的喧嚣也退远了。只有蜻蜓在雨丝中平稳地向前滑翔。

鲁尔区好大，森林的覆盖面也好大。我几次以为已经驶出了鲁尔区，但H先生总是摇头。快穿越鲁尔区吧。

H先生的眼睛注视着前方，从不看路边的景色。我一路上仔细端详着他，觉得他像一个老熟人。其实这是我认识的第一位欧洲朋友。他有一张看一眼就让人信任的面孔，这张面孔透露着坚毅和果决。我在想象着他、他的民族，想象着一个世纪以来东西方的一些重大变故和演化交流。一个民族有一个民族的总体性格，互相无法替代。人与人的隔膜和理解同样都是无限的。我眼中的H先生是质朴的，是把激情深深潜入内心的欧洲人。我相信他不用看也知道鲁尔区有一片又一片棕红色的大树矗立在绿野之中，他会怎么想呢？他正在思索什么呢？他的民族面对这一切，被轻轻拨动的是哪一根神经？起飞了的鲁尔区不会一直这样沉默吧！它也许首先肩负起人的一种庄严，表现出经济巨人的聪慧和气魄，力挽狂澜，化险为夷。

但愿如此吧。

在遥远的地方，酸雨曾使一片片稼禾成为焦叶，山石上的植被洗光了，鸟雀飞向远方。我们面临着共同的焦虑，两片美丽的国土都洒上了死亡之水。但这些给人的启示又不会是相同的。每一片土地上抵挡灾难的方式都是不同的，有的有效，有的无效。不管怎么说，大自然已经在逼迫人类做出重要的反应。如果人们站在凄凉的田野上面容痴呆，麻木不仁，那么又将有苦涩的雨滴轻轻地洒上他们的额头。

鲁尔区即将穿越。大地明朗清爽，雨后的风从车窗吹进来。开阔的麦田波浪滚滚，金黄色的油菜花又在熠熠发光。森林闪在背后，大海就在前方，一块一块翡翠似的色块抛闪过去。一层层的林木在山冈上扩展开来，真正是无边无际。可这时，又一片焦死的棕红色大树出现了。

它们身躯高大，笔直笔直，默默挺立在山坡上。

【赏读札记】

一个热爱大自然的作家，对绿色有着本能的关注，走到哪里关心的都是生态环境。本篇仍然是写异域的生态，但这次写的是酸雨造成的污染问题，让人颇感意外。原来这个"到处都是一片浓绿"，"在环境保护方面用心良苦"的国度，也有不尽人意之处；原来"绿阴遮蔽之下，还有另一个欧洲"。"默默挺立在山坡上"的"死亡标本"让作家陷入了沉思：关于工业化，关于欧洲人……文章的最后表达了尊重、理解和庄重的祈愿。

涂 鸦*

那道长长的冷刃

砍下来，不再抽离

一片膏腴之地

背负着

永久的割伤

严寒笼罩

哈气成冰

许久许久之后

鸽子才来觅食

游人才来涂鸦

时光逝去

---

　　*当年的柏林墙隔开了东西方，成为冷战的象征。后来，墙上涂满了各种画。

硝雾飘散

锈刀上显露的

是长长的一幅画

可是旅人探问

它费去了多少染料

这片斑斓中

红的是什么

还有黄色黑色褐色

那是不同的头发颜色

浓浓的绿

则是踏碎的万里稼禾

一座墙

一件丑陋的手工活

一道思想的篱笆

这首诗写的是柏林墙和人们在墙上的涂鸦。诗的开头，将分割德国的那道高墙比喻成"长长的冷刃"，形象且深具震撼力；结尾又把它比喻为"思想的篱笆"，将墙这一意象的内涵引向了纵深。对各色涂鸦的解释，则先有"不同的头发颜色"，后为"踏碎的万里稼禾"，颇具撞击心灵的力度。

你歌下的东方

夜九月
莱茵河畔
酒馆灯火辉煌

你为两个东方人
尽情歌唱
沙哑而优美的
英国少妇歌喉

慷慨的付款人
骄傲的蓝眼睛
要三杯干红

蓝眼睛未饮先醉
夸耀对东方文化和

东方的恩典

没有他的慧目

就没有今夜歌声

你歌下的东方

如醉如痴

两个东方人

神色肃穆

两杯葡萄酒

未呷一口

【赏读札记】

　　这首诗记述了一件真事：在莱茵河畔散步时，德国东道主付款邀请一个英国少妇，为包括诗人在内的两个东方人唱一首歌曲。少妇唱的是东方的歌，嗓音"沙哑而优美"，唱得"如痴如醉"。两个东方人则听得忘情，内心受到莫大的撞击和安慰。人在异国他乡，听到属于自己的歌曲，就是这样一种感受。

域外作家小记：德国作家二题

歌　德

他是西方引以为荣的文学家和思想家，一度人们还把他看成了重要的科学家。有人把他与荷马相提并论，将他比作莎士比亚。他离我们要近得多，因而就不可避免地产生争议。人们习惯上总是愿意承认更遥远更陌生的事物，比如东方人承认西方人，中国人承认外国人，今天的人承认古代的人。

他有着许多伟大人物才有的耐心和自制力，并不轻易转移自己认为重要的那些兴趣。比如说他能长时期坚持自然科学方面的观察实验，花费60年的时光写作《浮士德》。在文学的灿烂星空中，他是一颗恒星。

任何时世里都有一些老派的保守人物，他们一般都是些年长的人。他们的看法有时足以对年轻一代构成刺激，引起一片急躁的否定。可是他们的声音中往往掺有非常重要的提醒，含有真理性。这些人物也大致是经历了狂热和激进的青年时

代，那时他们的热情曾像火焰一样烧灼。像歌德就是恰当的一例。

他的生命力何等旺盛，这不仅表现在他的长寿上，而且还表现在他不倦的创作中。从《少年维特之烦恼》到《浮士德》的最后完成，经历了多少时代风云，他却依然在为心中的激动而吟唱。那个因爱而死去活来的少年，到了七十多岁的高龄，也仍然为爱浑身滚烫，两手抖动——这才是令人羡慕的生命。

歌德（1749－1832）

德国诗人，同时研究自然科学，参与政治活动，在世界文坛占有重要地位。代表作为诗剧《浮士德》，被视为欧洲四大文学名著之一。另外，他还以各种体裁写了大量文学作品，比如《歌德自传》、著名的小说《少年维特之烦恼》等。

托马斯·曼

这是一个使很多天才黯然失色的伟大作家。他在令人难以想象的青年时代就写出了皇皇巨著：《布登勃洛克一家》。后来这部书成了一些家族小说的楷模，是那个时候传下来的真正的经典。比起它来，那些现代主义的经典就显得太牵强、

梦一样的莱茵河

太寒酸了。它具有经典作品才有的庄重感和相应的规模、超人一等的气质。

更令人惊讶的是他后来一连串的杰作。一个强大的生命有着怎样的创造力、不倦的热情，在他身上得到了最充分的表现。

他甚至写出了《死于威尼斯》这样的作品，这进一步说明了他是一个超越时代的作家。作品中特异的品质与思维、无比纯粹的艺术格调，都能引发别人无穷的想象。

所有的现代主义作家几乎都有隔膜的痛苦、寂寞的孤单，以及由于历史的短浅和某种缺乏根基造成的担心，总之都有着程度不同的苦恼——如果能够更多地听到上一个时代大师们的回声，那将会使他们感到特别地幸福。而《死于威尼斯》一篇正好满足了他们的期望。

托马斯·曼（1875-1955）

德国作家。父亲为巨商，母亲有葡萄牙血统。26岁发表《布登勃洛克一家》，一举成名，被视为世界文学中的经典之作。二战前因反对纳粹，被迫流亡国外，1938年迁居美国。晚年移居瑞士。其代表作还有《魔山》。1929年获诺贝尔文学奖。

【赏读札记】

　　歌德和托马斯·曼，德语世界的两位伟大作家，德意志贡献给全人类的文学大师。短评中提及的作品，是他们贡献给人类的最富魔力的经典，也是文学史绕不过去的巨作。在对两位作家所作的感性把握与理性评说中，作家特别谈到了他们超越时代的经典性，他们的艺术根底，以及他们不可动摇的文学地位。简而言之，将两位古典风格的作家，与后来的现代主义作家相对比，特别能看出上一代大师的重量。

梦一样的莱茵河

爱的浪迹

一个人为什么而流浪——这里指躯体的流浪和灵魂的流浪……没有尽头的游荡，曲折艰难的历程，这一切都缘何而生？听不到确切的回答，听不到无欺的回答。

如果说人生就是一场流浪，这一点都不过分。人无法回避走向一片苍茫、不知终点和尽头的那样一种感觉。生命的全部奥秘就囊括在这种奇妙的流浪之中。这或许是凄凉而美好的。它给人带来了真正的痛苦和真正的欢乐，唯独很少伤感。伤感常常是不属于流浪者的。

德国诗人黑塞对自己的流浪有过一段真实的记录。他回忆，他曾经常去一家饭店里聚会——这回忆是他背上背囊，在山村旅行的路途上开始的。他承认他常常去那儿，是因为那个饭店里"有一个年轻的女子在座"。他这样描绘她："浅金色的头发，两颊红晕。"他说："我同她没说一句话。你啊，天使！看着她既是享受，又是痛苦。我在那整整一个小时里是多么爱她！我又成了十八岁的青年。"

值得注意的是"那整整一小时"几个字。这是一个单位时间——仅在那时候，黑塞是那么爱她。而这爱与这旅途有什么关系？黑塞写道："这一切刹那间又都历历在目，美丽的、浅金色头发的快活的女子。我记不起你叫什么名字了。我爱过你一个钟头。今天在这阳光下的山村小道旁，我又爱了你一个钟头。谁也比不上我那么爱你，谁也不曾像我那样给予你那么多的权力，不受制约的权力。"

诗人有着那么具体的执着、真实可感的"一个钟头"的爱恋。可是这一个钟头的爱恋，由于发生在一个真正多情和能够爱的生命身上，就可以无限地闪回和延长，可以化为他浪迹山村的动力，成为一点可以追忆的、不为世人所知的隐秘。他爱着，深深地爱着，品咂着那种爱，并不需要其他人去理解。

那个被深深缅怀的少女，两颊红晕的少女，他甚至不知道她的名字，不知道她的年龄，也不知道她的出身，她来自何方。他仅仅知道她坐在那儿，他见过她，但没有和她说过一句话……在他那"只为爱本身而去爱着"的这一类人那儿，也许仅有这些也就足够了。他可以从诸种美好的事物当中寻找到同一种灵魂和生命。这才是他爱的本质。

他写道："在这没有尽头的流浪当中，终于明白了这个世界上所有角落里活动着的流浪者，各式各样的流浪者，实质上都不过是在渴望着一次艳遇。"

大胆而真实的假设使人怦然心动。遇到什么？遇到一个

梦一样的莱茵河

美好、一个真实、一点感激、一点怀念和一次沉湎……在他看来，一个流浪者"最得心应手的就是，恰恰为了爱的愿望不能实现而去培育爱的愿望"，他们正在把"本该属于女人的那种爱"，"分给村庄和山峦、湖泊和峡谷，分给路旁儿童、桥头的乞丐、牧场上的牛，以及鸟儿与蝴蝶。我们把爱同对象分开，我们只需要爱本身就足够了。一如我们在流浪中从不寻找目的地，而仅仅享受着流浪本身——永远在途中"。

迄今为止，我们很少看到像黑塞一样把这种爱与流浪之间的奇特关系，如此准确地剖析和镂刻。至此，我们完全理解了那种不倦的探索——人类所有的不倦的探索，究竟源于哪里。它们原来不是源于恨，而是源于爱。如果爱和恨——其实爱和恨是同一个东西——它们源于这里，而不是源于其他，不是源于其他的欲望。他们爱，他们寻找，他们才不倦。他们的爱太广泛、太深厚、太多，装得太满，于是就溢出，就不得不分布给这个世界上的其他——像黑塞一样分布给儿童、桥头的乞丐、植物和动物。这种爱是无所不在的，目光所及，心灵所及，他都可以将其分布出去。

黑塞在这里说自己"属于轻浮之人之列"，因为他爱的只是"爱本身"。他说他自己可以被谴责为"不忠实"——这些"不忠实者"啊，这些流浪者啊，都天性如此。但也正因为他们爱的只是"爱本身"，所以才有可能把爱同对象分开。他们只需要"爱本身"就足够了。所以他说，他在流浪中从不寻找

目的地，而仅仅是享受流浪本身。他只存在于旅途之中，他不想知道那个脸颊红晕的年轻女子的名字，而且不想培育那种具体的爱。因为那女子不是他所爱的目的，而只是他的推动之力。他必然地、常常地要把这具体的爱送掉，"送给路旁的花，酒杯里的闪闪阳光，教堂钟楼的红色圆顶"。所以他可以"造谣般地宣布"："我热恋着这个世界。"

他在旅途中不停地思念和梦见那位金发女子，疯狂般地热恋着她。我们为此而受到了感动。

这样的一个人，一个美好的人，他把由土地而滋生的真实的生命，挥发得如此感人。在这样的生命面前，我们只能感到自卑，感到生命力的孱弱和无力。我们不能够像这个生命一样地欢呼——"为了她，我感谢上帝——因为她活着，因为我可以见到她。为了她，我将写一首歌，并且用红葡萄酒灌醉我自己。"

最可贵最真实的是，这瞬间的激动、热恋，都能长长地闪回，与他漫长的寻找和流浪的一生贴合在一起。她不会消失，是的，他用葡萄酒灌醉了自己。他想写一首歌，这一首歌将无限绵长，无限悠远，一直可以唱到生命的终点。

这就是真实的爱，这就是爱的奥秘。

我们在今天不断可以看到那些鄙视流浪的人。由于他们自己没有勇气去流浪，没有被一种爱力所推动，所以既没有身躯的流浪，又没有精神的流浪。他们在一个被物欲折磨的角落里苟延残喘。也因为庸俗的寂寞的嫉妒,他们要截断所有流浪者的去路。他们以此来发泄自己的憎恨,把仇恨的诅咒散布在气流之中,让它们织成一张羁绊之网,包围所有的流浪者(爱者)。

有一天,当诗人脸上皱纹密布,白发丛生;当岁月的手无情地摧残了他的面容的时候,我们从他的目光里,仍将看到许多热烈美好的闪回。是的,人走到了进一步的完美,脸上的皱纹尽刻着旅途上美好的故事。它们是种种记载,是一首又一首长诗。它们是因为那"一个钟头"而产生的那首诗的延长和续写。这首诗还将写下去,直到诗人自己在尘寰中消失。

当人类第一次有了流浪的渴念,懂得为什么而流浪的时候,大概人类才真正懂得从动物群落里脱颖而出。流浪者迈出的第一步,也就是向着人类自己的方向所进发的第一步。从某种意义上说,那些能够去为爱而爱的人,才是真正的人,才能够动手驱除狼藉,创造出自己的完美:完美的自我的世界、人的世界。旅途上的人应该是多情的,人应该行进在旅途上。人是流浪者,而不是其他。

在这个寒冷的冬天,我们倍加珍视这刚刚获得的启迪。我们想说,风雪、严寒、披凌挂雪的山岭,都不能阻隔流浪者思维的触觉和流血的双脚。他翻山越岭走向远方,去迎接那一片灿烂的春阳。爱是无以名状的,一如旅途的遥无目的、茫茫苍苍。爱因此而变得开阔、无敌,变得无所不在和没有尽头。这

就是"仅仅是因为爱而爱"的人生。

严冬里,爱是无所不在的阳光。

【赏读札记】

赫尔曼·黑塞是德语文学的重要作家,他出生于德国,后迁居瑞士,1946年获诺贝尔文学奖。黑塞对流浪有着独到的认识,本文又对他的观点做出了自己的解读与呼应,因此作家算是黑塞的一个异地知音。享受流浪和爱本身,是一种了不起的能力:"能够去为爱而爱的人,才是真正的人"——这里的阐述是很有深度的,需要我们慢慢地理解,慢慢地体会。

从热烈到温煦

在那个遥远之地，在你的书房，抚摸这书桌、这漆布封面的图书，走在你印下了无数脚印的空间里，感受着阵阵惊讶。

一种难言的神秘敬畏之感像电流一样涌遍全身。

你是狂飙运动的先锋人物，热烈的歌唱传到东方。一种多么痴情的吟唱。我们相信这是强盛的生命之流对一个人的推拥。那种不倦的探索、对世界隐秘不可遏止的好奇心、追逐诗与真的强烈愿望，裹卷了你的全部。

少年维特的烦恼、疯迷和痴情，最好地概括和象征了那个时期的诗人。不仅是对艺术，对政治、科学，几乎在人类所涉足的所有领域，你都表现出了巨大的热情，呈现了过人的能力。

强大的责任心与强盛的生命力总是紧密合一，不可分离。博大的爱力也并非所有人都会拥有，而只能是人类当中最优秀的一部分才始终保有。这种能力不会消失，只在生命中的不同阶段呈现不同的特征。那种像海浪一样涌起、裹卷一切的

气势，即是一切生命力强大者的特征。

这种力量表现在对待异性以及对待社会生活的所有方面。它很容易就化为勇敢、探寻的执拗、追求的彻底性和坚定性。在这一场漫长的奔走之中，它的全程充满了激动人心的片断，留下了有力的足迹。可是在最初骏马般的奔腾和最后的冲刺之间，又有着怎样的差异、怎样惊人的一致性，却令人深长思之。

他那些火烫的文字，像河流一样滔滔不息的吟哦，以及他耗费几十年时光专注于一部主要作品的那种可怕的韧性和毅力，都同样令人不可思议。也许它们都来自同一源头，来自一个独特生命的不可猜测和预计的那种能量和活力。

在相距不远的同一片土地上，后来又诞生了黑塞。这个渐渐着迷于东方哲学的老人，出生在炎热的七月，结果一生都像七月般火热。他情感真挚，富于幻想，留下了许多滚热烫人的文字。他的爱充溢了每一章、每一节。

有人把黑塞视为一个终生忧郁的诗人，但我们却把他看成一个一生都在热烈燃烧的诗人。追求完美和真理的信念支持他奔波了一生、呼号了一生、思念了一生，也幻想了一生。像一切杰出的人物一样，他不知疲倦，直至终点。

就是这个忧郁的诗人，在1914年第一次世界大战爆发的时候，一次次地奔赴泊尔尼参加和平运动。他因为呼吁人道和理性，严重地触怒了统治阶层。他们将其诬为叛国者。就在这种强大的压力之下，孤立的处境之中，家庭又走向了崩溃。诗人的精神遭受了极大打击。但即便此刻，他却仍能战胜内心的危机，写下许多美好的诗章。

他们那种冲决一切的激情简直是难以磨损也难以改变的。就是这旋转的喷涌的激情，把他们送达了一个至真至美的、酣畅淋漓的境界。这种境界被无数人所追求，却极少有人如愿以偿。生活中，难言的磨难加在了他们身上，而且格外敏感的生命在接受这些的同时，要经受比常人多出数倍的痛苦。他们招致的磨难本来就比常人多。但这一切都未能阻止他们心中那激荡之水，未能阻止其喷涌流淌、一泻千里的气势——最终绕过生命的崖坎，穿过重峦叠嶂，流向更为开阔之地，浇灌出一片迷人的葱绿、炫目的绚烂。

像所有生命一样，他们从诞生到成长，经历了成年、中年，最后白霜护住额头，毛发疏衰，皱纹叠生，目光里有了更多的沉重、宽容和谅解——他们不约而同地从热烈走向了温煦。

内在的生命之火仍在熊熊燃烧，这从他们临近晚年的那些诗章中可以看得出来。"温煦"只是外形，"热烈"才是内核。他们可以沉湎于更深处，追溯到更久远。他们可以远比先前更为沉着和宽泛地追究生命中的一切隐秘，可以玩味和盯视内心里滋生的一切、它的全部。他们的爱会变得更为阔大和深远。

他七十一岁所经历的那场爱情，那场自我燃烧、两手颤抖、被反复记录和议论过的爱情，恰为这个走向晚年的生命作了最好的注解。这是一场具体而抽象的爱，甚至表现出原初的那种纯稚。当这场爱不得不在形式上中止的时候，却又凸出地再现了一位老人的温煦。温煦最终包裹了冲决一切的情感冲荡。

　　而另一位老人，却在后来愈来愈迷恋于东方的哲学。另一种智慧伴他寻找生命的永恒，让他在更为从容达观的思绪中进行着一以贯之的探索，整个生命之诗在晚年书写了极为重要的一章。这与歌德几乎是完全相似的。

　　没有青年的热烈，就没有晚年的温煦；没有炽热的内核，就没有温煦的外表。这种温煦绝对不是生命力退缩的一个表征，而是它的深邃绵长。

　　一个如此平静的老人，双眼为何能够闪烁那么火热的光芒？一个如此和善的老人，为什么会有那么激烈而勇敢的言辞？他为何如此地执着、坚守、毫不退却，直到最后——最后的最后？他为何而勇敢？为何而奋不顾身？那满头银丝，那美丽的闪烁，连同他的目光一样，使人敬仰中又掺上了稍稍的惊讶。

　　是的，这是整个人类当中最不可思议的存在，是人类向冥冥之中发出的一个证明——证明其不朽与自尊……

　　纵观他们的一生，就是考察一条长长的生命的巨流，考察它流淌的长度、冲决的力量以及翻卷不息、奔腾涌动的浪花。从这晚年的温煦往上追溯，很快就会找到一个激烈燃烧、豪情万丈的诗人。这种火烈的燃烧，这种勇敢和勇气，是进入萎靡时代的那些小气偏狭的艺人、文字匠们所万万不可理解的：这些人往往在很早的时候就开始进入一种小心翼翼地规避，互相比试小脑的机智、圆滑、混世的乖巧。残弱暗淡的生命难以燃烧。豪情不属于他们，勇气不属于他们，冲荡不属于他们。他们总是过早地拾起了"宽容""达观""谅解"等等美好的字眼，来掩饰自己的怯弱和不磊落。他们总也弄不明白——"宽容""达观""谅解"这一切，也必须由勇气和激情化成——它们仅是同物异形，是生命的不同阶段。

　　一个从来没有过热烈、勇敢和执拗的生命，怎么会走到真正的宽容和温煦之中、走到真正的谅解之中呢。

【赏读札记】

　　文章将歌德与黑塞并论，在对他们充满爱力的、"热烈、勇敢和执拗的生命"进行深入探究之后，给予了高度的理解和由衷的赞美。两位大作家的艺术生命，都是年轻时热烈，晚年走向了温

煦，但"内在的生命之火仍在熊熊燃烧"。他们的宽容与达观是生命的真实，而另一类人的"宽容""达观"则是圆滑的、虚假的，二者不可同日而语。文章表达了作家的仰慕之心，同时又包含了某种现实批判。

恩斯特

　　他是一个活跃在二十世纪的德国画家，曾是这个国家"达达"运动的主角。后来他成为所谓的"超现实主义"代表人物，实属必然。说到底，"超现实"可以在艺术活动中作为一个无所不包的巨钵，似可装下一切芜杂怪异、一切难以诠释的艺术形态。有一种伴随着后工业社会大肆繁衍的特殊语汇，在一个不太固定的群体里流行通用。就像当年列宁所说，"无产者"凭着一曲国际歌可以在全世界找到自己的朋友和同路一样，那个群落仅凭着这种语汇即可以找到同类。这需要一种气味，口吻，音调，或许还倚仗一种体腺分泌物的挥发。

　　像一大批深受器重的现代主义画家一样，恩斯特具有毫不含糊的写实功力。而且正像他的同道们一样，他首先需要依靠这种显而易见的能力去说服和证明——尔后的漫长时间才能获得新的自由。这一点，当年的康定斯基如此，达利也如此。恩斯特的《城市全景》《生的渴望》，甚至是《十字架上的耶稣》和《大自然的绘画》一类，都表现了他作为一个艺术家

的技能与敏感。这是一个底线，由此出发，那种狂放的想象与野性的行走就无边无际了。从此他超现实的生涯就变得通达四方，无所顾忌了。

人们每每惊异于超现实画家过人的联想能力，他们出神入化的想象和不可思议的随机性。其实在我看来这恰恰也是此类画作所缺少的，是其致命之伤。比起我们已知的现实主义和浪漫主义的杰作，比起印象派前后的一大批巨匠，抽象艺术家们缺少的正是想象力。比较之下他们显得太逊色了。他们所谓的联想大半显得浮浅和勉强，没有深度，并且形成了某种概念化的倾向——他们手中所有的怪异都被反复表现过了，成为一种不费心力的、千篇一律的惯常做法。从达利到恩斯特，他们的想象表面上也真够上天入地，但思维的方式还是那么多，它所能揭示的、呈现的寓意，一般而言都非常浅表，并且不再增加。这些想象以及表达，在有一定艺术实践与技能训练的人那里，并非有多么大的难度。

在恩斯特他们那儿，古典经验，神话与梦境，童趣和民俗，工业社会的机械思维，商品经济的催逼和幻觉，以及艺术家最后的武器——颓废，都一块儿来了一次大掺和。这里已经没有什么和谐与否的问题，更没有美与不美的问题："审丑"也是他们的拿手好戏。艺术到了这种地步，受众还有什么话可说？面对人人都无可奈何的所谓的"创作主体"，也只有任其折腾了。实际上，这种种后现代、抽象艺术、超现实主义以及

梦一样的莱茵河

其他，从某种意义上说，无不是后工业社会里有闲阶级制造的神话。有闲阶级在这个世界上已经腻了，口味愈加怪异刁钻，新的刺激正是必不可少的需求。这是非常自然的事情。他们与一部分艺术家形成了一种互动关系，一种循环往复的过程。

非常可惜的是，普通劳动者也被吸引进这个游戏之中。这就显得无聊甚至不幸了，也有些残酷。我们不能不正视现代艺术史上的一个事实：在艺术家们以各种方式发出精神抗议的同时，资产阶级和富有阶层也趁机鼓动了一场线条与色彩的荒唐游戏。

诚然，如果运用这种思维去否定一切现代艺术，那是过分简单了——很可惜，它不够真实也不够全面。问题当然比想象的还要复杂许多倍。首先是对于艺术家们而言，我们已有的全部艺术传统，它的全部资源，用来对付这个荒诞到难以想象的现代世界够不够用？其次是，当愤怒也显得多余的时刻，我们又会采用什么发言／存在的方式？最后我们或许会选择以退为进的策略，或许会有一些垂死的歌唱，或许还会有一些——彻底摈弃和放逐的快感、这之后的迟来的深刻……当然，富有阶层会感到满意甚至赞许，他们会继续鼓励这场游戏，让其走得更远。

于是我们只能以非常矛盾的心情对待恩斯特一类"大师"。

与这个世界上一部分人的大肆赞赏不同，我们这儿还有不安。

【赏读札记】

　　文章分析了德国画家、"超现实主义"代表人物恩斯特的艺术，肯定了他"毫不含糊的写实功力"以及"作为一个艺术家的技能与敏感"，同时对他及他那一类人的所谓"后现代艺术"提出了质疑与批评，认为它们"缺少的正是想象力"，是"线条与色彩的荒唐游戏""后工业社会里有闲阶级制造的神话"。作家一以贯之的独立思想与批判精神，在评说中有鲜明的体现。

科隆—波恩—特里尔

十四年前的风景如梦降临
莱茵河上的水手醉了
我的朋友睡在这座城中
可是无法将其唤醒
教堂的穹顶上
还闪烁着昨夜星光

我分明看到了他们的倒影
贝多芬、马克思和舒曼
三人行走在大河之滨
我看到深秋的干草地上
有一些深深浅浅的足迹

　　莱茵河是欧洲一条著名的国际河流。这首诗记录的是诗人相隔十四年再度访问德国，在莱茵河附近的三个城市流连时的思绪和心情。莱茵河历史悠久，哺育了欧洲许多巨人伟人，诗人故地重游，想到上次还彼此交流的异国朋友现在已去世，又想到那些永远活着的伟大灵魂，内心自然是百感交集。但行旅匆匆，他并未过多抒发什么，诗的题目和正文只是一一提及刚刚走过的城市，以及那些牵动情思的历史人物，留下了一个出访的记号，以寄托情思。但随手点染的"昨夜星光"和"深深浅浅的足迹"，仍使得诗句充满韵致和意境。这便是虚实结合的魅力。

图书在版编目（CIP）数据

美生灵/张炜著. －－济南：山东教育出版社，2016
（张炜少年读本）
ISBN 978－7－5328－9428－4

Ⅰ.①美... Ⅱ.①张... Ⅲ.①中国文学－当代文学－作品综合集 Ⅳ.①I217.2

中国版本图书馆CIP数据核字(2016)第100019号

美生灵   张炜少年读本

张炜/著　洪浩/选评　邹晓萍/插图
主　　管：山东出版传媒股份有限公司
出版者：山东教育出版社
　　　　（济南市纬一路321号　邮编：250001）
电　　话：（0531）82092664　传真：（0531）82092625
网　　址：www.sjs.com.cn
发行者：山东教育出版社
印　　刷：山东临沂新华印刷物流集团有限责任公司
版　　次：2016年7月第1版　2016年7月第1次印刷
规　　格：880mm×1330mm　32开本
印　　张：8印张
书　　号：ISBN 978－7－5328－9428－4
定　　价：20.00元

（如印装质量有问题，请与印刷厂联系调换）
　　印厂电话：0539－2925659